Jenny Jägerfeld   COMEDY Q

Jenny Jägerfeld

COMEDY QUEEN

Aus dem Schwedischen
von Birgitta Kicherer

Urachhaus

Die Originalausgabe erschien 2018 unter demselben Titel
bei Rabén & Sjögren, Stockholm.

Die Übersetzung dieses Buches wurde durch die freundlich gewährte
Förderung des Swedish Arts Council finanziell unterstützt.

ISBN 978-3-8251-5189-8

Erschienen 2020 im Verlag Urachhaus
www.urachhaus.com

© 2020 Verlag Freies Geistesleben & Urachhaus GmbH, Stuttgart
© 2018 Jenny Jägerfeld, durch Vereinbarung mit Grand Agency
Umschlaggestaltung: Sara R. Acedo
Gesamtherstellung: CPI books GmbH, Leck

Meiner geliebten Mama
und meinem geliebten Papa

KOMISCHE KNOCHEN

Meine Mama hat mal gesagt, es gibt Menschen, die haben »funny bones«. Übersetzt heißt das ungefähr »komische Knochen«. Ich stelle mir das so vor: Das sind Leute, die sind irgendwie durch und durch komisch, bis ins Skelett – also sozusagen von Komik aufgebaut. Mama sagte, diese Leute seien schon komisch auf die Welt gekommen. So eine Person kann den miesesten Witz erzählen, und trotzdem lachen sich alle schlapp. Oder, es muss nicht einmal ein Witz sein. So jemand kann einfach sagen »Reichst du mir mal die Milch?«, und schon müssen alle loskichern, weil das so ulkig rüberkommt.
Dann ist da die andere Sorte, sagte Mama. Die können lernen, komisch zu sein. Sie sammeln Witze und lernen, wie ein Witz aufgebaut ist, und dann üben sie und üben und üben. Und durch das viele Üben merken sie, was die anderen zum Lachen bringt, und daraus machen sie dann etwas.
Schließlich gibt es eine dritte Sorte Menschen, die sind überhaupt nicht komisch, und wenn sie es noch so sehr ver-

suchen. (Ich habe den Verdacht, meine Lehrerin Cecilia gehört in diese Kategorie.)

Ich hätte unheimlich gern komische Knochen. Ich möchte eine von denen sein, die witzig sind, ohne sich anzustrengen, eine, die sich einfach ins Klassenzimmer stellt und sagt: »Also, mein Papa ist gestern mit mir ins Kunstmuseum gegangen, und das war ungefähr so spannend wie Nasepopeln.«

Und Cecilia und die ganze Klasse: »AAAHAHAHAHAHAH!«

Sie brechen zusammen und halten sich den Bauch, weil sie vor Lachen Bauchweh kriegen. Zwischen den Lachanfällen stöhnen sie:

»Sasha, hör auf … wir können nicht mehr!«

Aber eigentlich wollen sie, dass ich weitermache, und das tu ich dann auch, ich mache weiter und werde von ihrem Lachen kein bisschen angesteckt, sondern sage nur mit unbewegter Miene: »Und da standen wir dann vor einem Bild, das sah aus, als hätte jemand eine Farbdose über die Leinwand geschüttet oder auf dem Weg zum Klo einen Farbeimer umgekickt! Aber mein Papa erklärt mit ernster Stimme: ›Was der Künstler uns hier mitteilen will, ist, wie sehr er mit dem Menschsein ringt.‹ Und ich dann: ›Ehrlich? Sieht mehr danach aus, als würde er damit ringen, KÜNSTLER zu sein.‹

Und BUUUMM!
Alle explodieren vor Lachen, sie fallen vom Stuhl, Cecilia auch, sie können nicht mehr reden, sie wälzen sich auf dem Boden und brüllen hysterisch.
Leider habe ich den Verdacht, dass meine Knochen nicht unbedingt superkomisch sind, dass ich also vermutlich nicht komisch auf die Welt gekommen bin. Positiv gesehen, gehöre ich auch nicht zur dritten Sorte, die kein bisschen komisch ist. Jedenfalls wird immer mal wieder über Sachen gelacht, die ich sage. (Ab jetzt werde ich notieren, worüber genau.) Wahrscheinlich gehöre ich zur zweiten Sorte. Die Sorte, die es trotz allem lernen kann.
Aber ich will UNBEDINGT funny bones haben. Und das WERDE ich auch schaffen. Das müsste doch klappen, obwohl ich nicht damit auf die Welt gekommen bin. Mein Plan ist, meine halb langweiligen Knochen gegen komische auszutauschen, einen nach dem anderen! Eins ist jedenfalls sicher – ich bin zielstrebig. Papa behauptet zwar, ich sei in die falsche Richtung zielstrebig. Dass ich also das falsche Ziel habe. Dass ich mehr Zeit in die Schule stecken sollte. Genau in diesem Augenblick wandert er beispielsweise in der Küche umher und grummelt etwas darüber, dass ich nicht genug über die Erdkruste und den innersten Kern der Erde lerne. Tut mir leid, aber das kommt mir nicht besonders wichtig vor. Ich kann mir jedenfalls keine Situation

vorstellen, wo mein Leben absolut davon abhängt, dass ich etwas über die einzelnen Schichten der Erdkruste weiß. Und wenn, dann: Halloo?! Google!

Dagegen hängt mein Leben tatsächlich davon ab, dass es mir gelingt, funny bones zu bekommen. Das ist nicht mal übertrieben. Das ist wahr. Ohne werde ich nicht überleben.

WIE VON EINEM
CLOWN ENTWORFEN

Cecilia steht vorne am Pult und redet über die Erdkruste. Ihre Stimme klingt, als wäre sie selbst total GESCHOCKT, weil das, worüber sie spricht, so irre interessant ist.
»Die Erdkruste ist zwischen 5 und 70 Kilometer dick!«
Auf der weißen Leinwand neben ihr leuchtet der Querschnitt einer Erdkugel. In der Mitte eine Art weißer Kern, dann ein paar leuchtende Schichten in Orange und Rot. Ganz oben die Erdkruste. Auf diesem Bild sieht die Erde ziemlich unseriös aus. Wie ein bunter Flummi. Ein bisschen gruselig, wenn man sich vorstellt, dass wir auf einem Planeten leben, der aussieht, als hätte irgendein Clown ihn entworfen. Ich versuche mir einen Witz auszudenken: »Hey, das würde jetzt schmecken – ein Glas Saft und dazu ein knuspriges Erdkrustenbrot mit Butter!«
Hm. Geht so. Etwas mit BLUTkruste wäre vielleicht witziger? Aber dann würden sie nur »Würg! Voll eklig!« sagen, und man will ja nicht unbedingt jemand sein, zu dem man »voll eklig« sagt.
Neben mir sitzt Märta und malt etwas auf den Zettel, den

wir von Cecilia bekommen haben. Märta wird von allen außer mir »Metti« genannt. Sogar Cecilia nennt sie so. Aber für mich ist sie Märta, weil ich das schöner finde. Märta ist superlieb und hat das größte Herz von allen, die ich kenne. Ich beuge mich zu Märta rüber, weil ich sehen will, was sie malt, dabei kitzeln ihre blonden Locken mich an der Wange. Sie hat aus der Erdkugel ein Männlein mit Hut und Schnauzbart gemacht. Es hat einen Mantel an und eine dieser Brillen für Einäugige auf, die an einer dünnen Kette hängen. Wie heißt das noch mal? Molekül? Moloch? Monokel? Mein Onkel? So ähnlich ungefähr. Aus dem Mund des Männleins kommt eine Sprechblase: »Ich bin das Erdmännchen und hab meinen warmen Erdmantel an, weil es draußen so kalt ist.« Ich lächle Märta an, denn das ist ja ziemlich witzig. Sie kichert leise als Antwort. Wenn Märta kichert, klingt das, als würde ein kleines Kind gekitzelt. Total niedlich. Ich flüstere ihr zu: »Mir ist eben was eingefallen!«

»Oh! Was denn?«, flüstert Märta zurück.

»Ich werd Komikerin! Stand-up-Komikerin!«

Bevor Märta antworten kann, steht Cecilia plötzlich vor uns.

»Ist euch das klar, Sasha Rein und Metti Sköld?«

Wir schauen zu ihr hoch. Sie legt eine Kunstpause ein.

»An manchen Stellen sind es demnach nur FÜNF KILOMETER zwischen unseren Füßen und dem, was man den Erdmantel nennt!«, sagt Cecilia und sieht uns mit großen runden Augen und offenem Mund an, wie die Moderatorin einer Kindersendung. »Wie viele Kilometer, Sasha und Metti?«

»Fünf Kilometer«, antworten wir brav im Chor.

An und für sich ist eine Lehrerin, die sich engagiert, ja echt gut. Bosse, den wir in der Vierten hatten, saß meistens nur da und fummelte an seinem Handy herum. Bosses Vorstellung von Unterricht war, einen Film über irgendein beliebiges Thema laufen zu lassen, dann aus dem Zimmer zu schleichen, um »ein paar Unterlagen zu holen«, und erst wieder aufzutauchen, wenn die Stunde um war. Letzten Herbst wurde Bosse krankgeschrieben, und dann bekamen wir Cecilia. Ich mag Cecilia. Manche in der Klasse (das heißt Tyra) stören sich daran, dass Cecilia immer die gleichen Klamotten anhat. Weißes oder graues T-Shirt. Blaue Jeans, die viel zu tight sind, wie manche (das heißt Tyra) finden. Ein typischer Tyra-Kommentar, geäußert, während sie mit offenem Mund Kaugummi kaut und zwanghaft an ihren langen braunen Haaren herumzwirbelt: »Also, ehrlich, Leute! Wie schwer kann es sein, eine Jeans in der richtigen Größe zu kaufen? Aber vielleicht findet sie es ja sexy, wenn der Speck über den Hosenbund quillt?«

Bitte, wen interessiert das schon, was für Jeans Cecilia anhat? Sie unterrichtet doch nicht mit dem Hintern?

Tyra ist meine Klassenkameradin, aber das ist ein idiotisches

Wort, sie ist nämlich alles andere als meine Kameradin. Ich weiß, dass viele das gleiche Problem haben. Wie soll man es dann nennen? Klassenfeindin? Na ja, ein bisschen zu stark. Ein neutrales Wort wäre besser! Klassenmensch? Klassenwesen? Klassenperson? Tyra ist meine Klassenperson. Nicht gerade genial, muss aber genügen.

Jedenfalls. Papa meint, Cecilia sei »patent«. Und sie schafft es tatsächlich, für Ruhe zu sorgen. Das war nicht unbedingt Bosses Stärke, sagen wir mal so.

Jetzt klatscht Cecilia mit dem Stock an die weiße Leinwand, dass die ganze Erdkugel schwabbelt. Nisse zuckt zusammen.

»Wisst ihr, wie weit fünf Kilometer sind?«

Sie wartet nicht, bis jemand antwortet.

»Also, fünf Kilometer, FÜNFTAUSEND METER, das ist so weit wie von hier nach FRUÄNGEN ungefähr!«

Mir ist nicht ganz klar, wo Fruängen liegt, aber von mir aus. Meine Klassenkameraden, oder vielmehr Klassenpersonen, starren Cecilia wie hypnotisiert an. So eine Wirkung hat Cecilia auf manche Leute.

»Der Erdmantel ist VIELE TAUSEND Grad warm! Stellt euch das mal vor – hier, nur ein Stück unter unseren Füßen, gibt es eine viele tausend Grad heiße flüssige Masse!«

Cecilia stampft mit ihrem Croc auf den Boden, worauf wir alle wie gebannt auf den beigefarbenen Plastikboden starren.

»WIE viele Grad, Nisse?«

Sie richtet den Zeigestock auf Nisse. Dabei sieht sie aus wie ein Fechter, der einen Gegner zum Duell herausfordert. Nur dass Nisse keinen Degen hat. Und auch keine Antwort, wie es scheint.

»Äh … unheimlich viele?«, sagt er unsicher.

»Ja! Viele TAUSEND, ehrlich gesagt!«

Als Cecilia sich für einen kurzen Augenblick der Erdkugel zuwendet, schiebt Märta mir einen Zettel rüber, auf den sie ein lachendes Smiley gemalt hat. »Du wirst eine Superkomikerin!«, hat sie daruntergeschrieben.

Das freut mich. Und ich hoffe, sie hat recht.

Dann klinke ich mich aus. Gucke den Baum vor dem Fenster an. Kahle, dünne Äste, von einer leichten Schneeschicht bedeckt. Ich habe wichtigere Dinge, über die ich nachdenken muss, als irgendwelche albernen Erdkrusten. Wenn ich funny bones entwickeln will, muss ich mich konzentrieren. Hart und gezielt arbeiten. Zum Beispiel – die Frage, was ist eigentlich komisch? Eine Möglichkeit, Witze zu erfinden, könnte sein, verschiedene komische Themen aufzuschreiben, über die man dann frei herumgrübeln kann.

Ich starre auf das Papier mit dem Erdquerschnitt. Drehe es um. Schreibe:

KOMISCHE/NERVENDE SACHEN:

Zum Beispiel hat Märta mich einmal gefragt, warum manche Typen sich diese riesigen Hamsterbärte wachsen lassen. Ich so: »Häh? Was?«, und dann hat sich herausgestellt, dass sie HIPSTER-Bärte meinte.

Wenn die Kopfhörer sich verheddern.

Leute, die beim Filmgucken ununterbrochen labern: »Wer ist der da? Was macht die? Wohin gehen die jetzt?« Ich dann: »Oh Mann! Konzentrier dich auf den Film, dann wirst du's schon checken!«

Alles, was alle Menschen in allen sozialen Medien machen. Wenn sie zum Beispiel supergeile Bilder von sich selbst posten und dazu schreiben, wie unmöglich sie darauf aussehen, nur um Komplimente zu angeln (Tyra). Oder wenn sie #total#unlogische#Sachen#hashtaggen. Oder wenn sie als deep status schreiben: »Bin so traurig. Niemand würde es verstehen … das hier garantiert nicht.« Und man antwortet: »Shit, was ist denn los?« Und dann kommt: »Nein, es ist nichts. Ich will nicht darüber reden.« AHA! DANN LASS ES DOCH BITTE!

(Darum hab ich mich bei SÄMTLICHEN sozialen Medien abgemeldet. Das heißt, bis auf Youtube. Ich muss immerhin Stand-up-Clips checken.)

Wenn Papa ins Zimmer kommt und irgendwas verkündet und man sagt: »Okay, okay, alles klar«, und wenn er dann rausgeht, macht er die Tür nicht zu und ich muss hinter ihm herschreien: »Mach die Tür zu!«, und dann kommt er zurück und SCHIEBT die Tür nur zu, ohne sie zuzumachen, und man kann bloß noch stöhnen: »OOOOH, Mann! Was hab ich gerade gesagt?«

Wenn Mama sauer ist –

Ich höre mitten im Satz auf. Nehme den Stift vom Papier. Ich hatte nämlich vorgehabt zu schreiben; »Wenn Mama sauer ist und will, dass ich mit ihr Deutsch spreche, und mir keine Antwort gibt, wenn ich das nicht mache.«
Das wollte ich schreiben. Aber ich tu es nicht. Weil mich das nicht mehr zu nerven braucht. Wie sehr wünschte ich, dass sie mich wieder damit nerven könnte. Das wünsche ich so sehr, dass mir das Herz fast bricht. Ich würde von früh bis spät Deutsch sprechen. Obwohl ich darin so eine Niete bin. Ich würde nie etwas anderes tun, wenn ich sie dadurch wiederbekäme. *Ich würde immer Deutsch sprechen.*

Für kurze Momente vergesse ich, dass sie tot ist. So wie jetzt. Die paar Sekunden, die es gebraucht hat, um »Wenn Mama sauer ist« zu schreiben.

Klar ist es gut, dass ich nicht andauernd an sie denke. Aber wenn es mir dann einfällt, öffnet sich das Dunkel in meiner Brust. Das Dunkel, das wie ein Loch ohne Boden ist und sich endlos in alle Richtungen ausdehnt. Es ist, als würden Stücke meines Herzens in das Loch fallen. Sie fallen runter und verschwinden. Ich weiß nicht, ob ich sie jemals wiederfinden werde. Ob das Herz jemals wieder ganz werden kann. Ich radiere die Worte aus. Ich radiere »Wenn Mama sauer ist« aus. Radiere so fest, dass ein Loch im Papier entsteht.

DIE KUNST, EIN KANINCHEN ZU STREICHELN

Ich gehe durch den Aspudden-Park nach Hause. Sonst gehen Märta und ich immer zusammen, aber dienstags hat sie Banjo-Unterricht, believe it or not. Von allen Instrumenten im ganzen Universum wählt sie BANJO. Aber was weiß ich schon darüber? Einmal hat sie gesagt, sie liebt ihr Banjo mehr als ihren kleinen Bruder. Das glaube ich allerdings nicht so ganz. Das war nach dem BANJOTRAUMA, wie sie es nennt, als ihr Bruder das ganze Banjo mit Erdnussbutter vollgeschmiert hat. Ich könnte mir vorstellen, dass sie das ein bisschen beeinflusst hat. Seither nennt sie ihn nur noch den Banjoschänder.
Sie bewahrt ihr Banjo in einer glänzend schwarzen Hülle mit goldfarbenen Verschlüssen auf. Die Hülle ist innen mit grünem Samt gefüttert. Garantiert liegt nicht einmal die Krone des Königs in einer prächtigeren Hülle.
Die Luft ist kalt und klar, die Sonne steht so tief, dass die weißgelben Strahlen mich blenden. Vereinzelt liegen noch große Schneeflecken zwischen den kahlen Bäumen. Immer wenn ich Zeit habe, besuche ich die Kaninchen im Park und

sage ihnen Hallo. Wenn ich Tiere streicheln und mit ihnen spielen kann, werde ich jedes Mal ganz froh und ruhig, und mein Herz wird irgendwie weich. Okay, nicht mit ALLEN Tieren. Wahrscheinlich würde ich weder froh noch ruhig werden, wenn ich einen Alligator oder einen Giftskorpion streicheln würde, aber ich denke, ihr checkt, was ich meine.
Die Kaninchen wohnen in vier kleinen Gehegen mit je vier Kaninchen. Eins der Kaninchen ist unglaublich niedlich und verschmust, ich nenne es Cookie Dough, obwohl es eigentlich Pistazie heißt. Pistazienkerne sind ja grün, also weiß ich nicht so recht, was man sich dabei gedacht hat. Cookie Dough ist nicht grün. Nein, sie sieht aus wie sahniges Vanille-Eis, mit vereinzelten braunen Teigstücken darin. Außerdem ist sie total süß, weil sie zur Hälfte ein Widderkaninchen ist und zur Hälfte was anderes, und darum hängt eines ihrer Ohren herunter, wie bei einem Widder, und das andere ragt kerzengerade in die Luft! Ich kann mich mit Cookie Dough identifizieren, weil ich auch zur Hälfte Widder bin, sozusagen. Ich bin am zwanzigsten März nachts um drei Minuten vor zwölf auf die Welt gekommen, genau an der Grenze zwischen den Sternzeichen Fisch und Widder. Aber zum Glück habe ich weder Hängeohren noch Ohren, die in die Luft ragen, sondern ziemlich normale Menschenohren, meiner Meinung nach.
Als ich jetzt beim Gehege ankomme, sehe ich Cookie Dough

sofort. Sie hockt zusammengekauert da und mümmelt an einem Strohhalm herum. Ihre dicken weißen Kaninchenbacken bewegen sich heftig. Bestimmt hat sie keinen Papa, der sie ermahnt, immer SCHÖÖN LAANGSAAM zu essen, wie gewisse andere Personen. (Damit meine ich mich selbst.)
»Hallo, Cookie Dough!«, sage ich, und da hört sie auf zu kauen und guckt zu mir hoch. Und vielleicht bilde ich es mir nur ein, aber jedes Mal, wenn ich sie Cookie Dough nenne, scheint sie irgendwie dankbar auszusehen. Es ist, als wollte sie sagen: »Endlich! Endlich jemand, der kapiert, dass ich nicht GRÜN bin!«
Ich klettere über den Zaun und gehe ungefähr einen halben Meter von ihr entfernt in die Hocke. Die anderen Kaninchen hüpfen nervös davon, sie aber bleibt da und knabbert weiter an ihrem Halm. Zentimeter für Zentimeter verschwindet er in ihrem Mund. Dann rümpft sie ihr hellrosa Näschen, hebt es in die Luft und schnuppert. Ich ziehe einen Handschuh aus und halte ihr vorsichtig meine Hand hin. Cookie Dough riecht daran, als wäre sie ein Hund. Dann streiche ich ihr behutsam über das kuchenteigfleckige Fell. Sie ist unvorstellbar weich. Weicher als das Innere von Märtas Banjohülle.
Viele Leute wissen nicht, wie man sich verhalten soll, wenn man Kaninchen streichelt. Meistens erschrecken die Kaninchen und hüpfen davon. Der Trick besteht darin, dass man keine hastigen Bewegungen macht, sondern die Hand sehr,

sehr vorsichtig nähert. Obwohl die Kaninchen selbst sich total heftig bewegen, schätzen sie es nämlich überhaupt nicht, wenn andere das tun. Langsam strecke ich mich nach noch einem Halm aus und halte ihn dann Cookie Dough hin.
»Komm her, mein Häschen«, sage ich.
Mit zwei niedlichen kleinen Hopsern kommt sie angehüpft, dabei fährt das Wattebausch-Schwänzchen in die Luft. Dann hockt sie sich neben mein Bein. Ich stütze mich mit der Hand ab und setze mich ganz, ganz langsam in den Schneidersitz. Ich spüre den kalten Boden durch meine Jeans, spüre die Schneeflecken und weiß, dass ich durchnässt sein werde, aber das ist mir egal. Cookie Dough liegt direkt neben meiner Wade und wärmt sie mit ihrem dicken kleinen Kaninchenkörper. Sie ist meine Freundin. Ihr habe ich Sachen erzählt, die ich nicht einmal Märta gesagt habe. Auch für das, was eine beste Freundin verstehen kann, gibt es Grenzen. An und für sich ist es höchst ungewiss, wie viel Cookie Dough eigentlich versteht. Aber im Zuhören ist sie absolute Weltmeisterin. Vielleicht weil sie so große, lange Ohren hat? Ich streichle sie, immer wieder, immer wieder. Papa sagt, es müsse angenehm sein, ein Tier zu sein, weil die weder über Dinge grübeln, die früher mal passiert sind, noch sich wegen der Zukunft Sorgen machen. Entschuldigung, aber WOHER will er das wissen? Cookie Dough hat vielleicht Mega-Ängste, weil ihr Kaninchenkumpel Hasel in

letzter Zeit mehr mit Cashew zusammensteckt, und überlegt jetzt VERZWEIFELT, mit wem sie am Nachmittag herumhüpfen soll.

Cookie Doughs Mama hat früher auch im Aspudden-Park gewohnt, das hat mir einer erzählt, der hier arbeitet. Aber vor zwei Jahren lag sie eines Morgens plötzlich da, einfach mausetot. Niemand weiß so genau, woran sie gestorben ist. Sie war kerngesund und auch nicht besonders alt. Aber vermutlich hat irgendetwas sie zu Tode erschreckt, vielleicht ein Fuchs oder so. Der Fuchs hat ihr nicht einmal etwas getan, sie war nämlich gar nicht verletzt. Sie hat es einfach gesehen und ist so erschrocken, dass ihr Herz stehen blieb. Manchmal denke ich, dass Mama auch zu Tode erschreckt wurde. Allerdings nicht unbedingt von einem Fuchs. Eher vom Leben.

Ich spüre Cookie Doughs kleines Herz durch das Fell, spüre, wie unglaublich schnell es schlägt. Ich will, dass ihr Herz für immer schlagen soll. Dann flüstere ich ihr in das Ohr, das in die Luft ragt: »Meine süße, süße kleine Cookie. Versprich mir, dass du weiterlebst, bis wir uns nächstes Mal wiedersehen. Bitte, versprich mir das!«

Doch da hoppelt sie plötzlich davon, rüber zum Holzhäuschen, wo die anderen Kaninchen kauern.

Heftig stehe ich auf, da werden die Kaninchen unruhig und hüpfen in dem Häuschen über- und durcheinander.

»Aber das MUSST du versprechen! Das musst du!«
Cookie schaut nicht mal zu mir her, sondern kehrt mir den Hintern mit dem kleinen flauschigen Schwanzstummel zu. Sie scheint nicht der Meinung zu sein, dass sie irgendwas versprechen muss.
Ich schreibe mit dem Zeigefinger in den Schnee:
   IST
Dann wische ich es mit der flachen Hand weg. Der Schnee liegt wieder glatt da. Ich schreibe:
   ES
Wische es wieder weg, schreibe:
   MEINE
Wische, schreibe:
   SCHULD?
Ich wische alles weg und stehe auf. Gehe davon und schaue mich nicht um.

DIE LISTE

Meine Strategie ist einfach. Mama ist mit ihrem Leben gescheitert. Und gestorben. Dafür gibt es eine Menge Gründe. Mein Leben soll gelingen, das habe ich mir vorgenommen. Eine Möglichkeit, damit es gelingt, muss sein, nicht dieselben Sachen wie Mama zu machen. Aus ihren Irrtümern zu lernen und das Gegenteil zu machen. Darum habe ich eine Liste mit sieben wichtigen Punkten zusammengestellt, Lösungen für meine Probleme. Die Punkte hab ich mit winzig kleinen Minibuchstaben auf ein Blatt Papier geschrieben. Die Liste liegt in meinem großen Darth-Vader-Wecker, gut versteckt im Batteriefach.

SACHEN, DIE ICH TUN MUSS,
UM ZU ÜBERLEBEN

Alle nerven mich damit, dass Mama und ich uns so ähnlich sehen. Sahen. *Sahen*, meine ich. Glauben die, das würde mich FREUEN, oder was? Mein Gesicht ändern, das ist natürlich ziemlich schwierig. Papa wäre wohl nicht unbedingt damit einverstanden, dass ich mir das Gesicht operieren lasse. Aber. Sowohl ich als auch Mama haben lange, braune Haare. Oder, ja, ja, klar, sie *hatte*. (Oje. Hatte, hatte! Ist das denn so schwer?)

1. Haare abschneiden.

Mama hat versucht, sich um ein Kind (mich) zu kümmern. Das ging total schief.

2. Versuch gar nicht erst,
dich um etwas Lebendiges zu kümmern.

Mama hat unglaublich viele Bücher gelesen. Im Wohnzimmer und neben ihrem Bett lagen immer Berge von Büchern. Ist sie dadurch glücklicher geworden? Nein. Sie hat sich in das Elend anderer Menschen vergraben. Von Menschen, die nicht einmal existieren!

3. Keine Bücher lesen.

Mama hat immer schwarze Sachen angehabt. Also, ehrlich – wird man davon etwa froh?

4. Immer nur bunte Outfits anziehen.

Mama hat viel zu viel gedacht. Sie bereute alles Mögliche, was sie gesagt und getan hatte. Dachte daran, wie es früher war. Dachte zu viel daran, was andere dachten.

5. *Nicht zu viel denken*
(am besten überhaupt nicht).

Mama machte lange Waldspaziergänge. Sie lief oft stundenlang durch den Wald und dachte bloß nach.

6. *Nicht mehr spazieren gehen.*
Den Wald meiden.

Aber das Wichtigste von allem. Mama hatte Depressionen und weinte mehr oder weniger ununterbrochen. Sie brachte Leute zum Weinen. Sie bringt immer noch Leute zum Weinen, obwohl sie gar nicht mehr lebt. Manchmal, wenn Papa in der Dusche ist, höre ich ihn weinen. Garantiert glaubt er, dass man das nicht hört. Aber das tut man. Darum werde ich nie weinen. Niemals. Und ich habe nicht vor, Leute zum Weinen zu bringen. Ich werde Leute zum Lachen bringen. Das ist meine Mission!

7. *Comedy Queen werden!*

SKALPIERT VON EINER METALLIC-ROTEN WURST

Um unsere Wohnungstür zu öffnen, muss man sie mit aller Kraft nach innen pressen und gleichzeitig den Türgriff nach oben drücken, während man den Schlüssel umdreht. Manchmal klappt das erst beim dritten Versuch. Heute bin ich so eifrig, dass ich viel zu hart mit der Hüfte dagegenknalle. Muss vor Schmerz stöhnen.
»Also echt, eure Tür …«, keucht Märta, die hinter mir die Treppe heraufkommt. Nach der Schule sind wir so schnell hergeradelt, dass wir beide ganz außer Puste sind.
»Ich weiiiiß«, sage ich und remple die Tür noch einmal mit der Hüfte an.
Endlich gelingt es mir, den Schlüssel umzudrehen und aufzumachen. Eines schönen Tages werde ich garantiert einen Trümmerschaden an der Hüfte davontragen. Nicht ganz einfach, den Rettungssanitätern dann zu erklären, wie es dazu gekommen ist: »Äh … hab bloß versucht, irgendwie eine Tür zu öffnen.«
In der Eingangsdiele hängen wir unsere Jacken in die Garderobe und lassen die Fahrradhelme auf den Boden fallen.

Märta hat unterm Helm ihre Baseballkappe auf. Nie eine Mütze, obwohl es eisige Minusgrade hat. »OBEY« steht auf der Kappe, der Schirm hat ein Leopardenmuster. Die Kappe ist so tief in die Stirn gedrückt, dass Märtas Ohren abstehen. Die sind jetzt knallrot vor Kälte. Märta liebt ihre Kappe über alles. Wenn es nach ihr ginge, würde sie die Kappe nie ausziehen. Aber Cecilia zwingt sie dazu, die Mütze im Unterricht abzunehmen. Beinah jede Stunde beginnt damit, dass Cecilia sagt: »Und jetzt nimmt Metti ihre Kappe ab.« Und jedes Mal macht Märta das gleiche bockige Gesicht. Aber die Kappe zieht sie trotzdem aus. Cecilia widerspricht man nicht. Früher, bei Bosse, durfte Märta die Kappe auflassen. Einer der wenigen Vorteile von Bosse. Man hätte in einer Ritterrüstung im Unterricht erscheinen können, ohne dass er es gemerkt hätte.

Ich klatsche in die Hände.

»Bist du bereit?«, frage ich.

»Ja! Und du?«, sagt Märta, obwohl es wie »Jaudu?« klingt, weil Märta immer so schnell und aufgeregt spricht.

»War noch nie so bereit wie jetzt!«

Ein Blick auf die Uhr. Noch zwei Stunden, bis Papa nach Hause kommt. Perfekt. Wir betreten unser enges Badezimmer, wo man zu zweit kaum Platz findet. Märta stößt gegen ein Zahnputzglas, es kippt um und die Zahnbürsten landen im Waschbecken.

Inzwischen nur zwei Zahnbürsten.
Das Zahnputzglas ist gar kein richtiges Glas, sondern ein wackliger orangeroter Plastikbecher, der fünf Mal täglich umfällt, darum sag ich, sie kann die Zahnbürsten ruhig liegen lassen. Dann suche ich im Schrank und den Schubfächern nach dem Trimmer und finde ihn schließlich in einem geflochtenen Korb unterm Waschbecken. Er ist metallic-rot und leicht angestaubt, im Kamm stecken noch kleine braune Härchen. Ich puste sie weg. Es ist eine Weile her, seit Papa sich zuletzt den Kopf rasiert hat.
Niemand kann ihm mehr mit dem Nacken helfen.
Es gibt drei verschiedene Kammlängen, außer glattrasiert. Circa drei Millimeter, circa ein Zentimeter und circa zweieinhalb Zentimeter.
»Ich denke, ich nehme doch lieber den längsten Kamm«, sage ich und stelle ihn auf zweieinhalb Zentimeter ein. Dann reiche ich Märta den Trimmer. Sie steckt den Stecker in die Steckdose überm Spiegel.
»Bist du dir ganz sicher?«, fragt Märta und sieht mich lange mit ihren lieben Augen an. Ihre Augen sind so blau wie der Abendhimmel. »Du hast doch so schöne Haare!«
Sie fährt mit den Fingern durch meine Haare, versucht es vielmehr, bleibt aber sofort hängen. Meine Haare sind dafür bekannt, unter Mützen und Helmen zu verfilzen.
»Ich schenk sie dir«, sag ich großzügig. Sie kichert. Ich no-

tiere es im Kopf. Vielleicht lässt sich daraus irgendein Witz machen?
Ich hab nichts von der Liste erzählt. Weder ihr noch sonst jemandem. Hab nur gesagt, ich hätte meine Haare satt. Jetzt lasse ich mich auf den Toilettensitz sinken. Märta schaltet den Trimmer ein. Er summt und vibriert. Dann stellt sie sich vor mich und sagt: »Auf los geht's los!«
Der Trimmer nähert sich meinem Gesicht, meiner Stirn, dann drückt Märta ihn leicht, aber entschlossen auf meine Kopfhaut und fährt mir damit nach hinten über den Kopf.
Ich spüre, wie meine Haare in kleinen Büscheln herunterfallen, sanft, fast zärtlich streifen sie meine Wange, das Ohr, den Hals. Aus dem Augenwinkel nehme ich wahr, wie eine lange dunkelbraune Strähne auf meiner Schulter landet.
Mit konzentriertem Gesicht hebt Märta den Trimmer an und zieht ihn mir erneut über den Kopf, diesmal von der Schläfe schräg übers Ohr.
TSCHONG!
Märta schreit auf, und im selben Augenblick spüre ich einen brennenden Schmerz direkt überm Ohr, als würde mir jemand die Haare ausreißen.
»ER STECKT FEST!«, schreit Märta.
»GAAAAAH!«
Ich versuche, den Trimmer zu erwischen, der immer noch schnurrt, aber Märta schlägt automatisch meine Hand weg.

»WAS SOLL ICH MACHEN?«, schreit sie.
»SCHALT IHN AUS!«, brülle ich.
Als das Brummen aufhört, wird es still. Beängstigend still. Märta atmet angestrengt. Sie versucht meine Haare von der Maschine zu befreien, aber dadurch bleibt das Ding nur noch fester stecken. Es tut höllisch weh!
»Tut mir leid tut mir leid tut mir leid Sasha«
»Aber du kannst doch gar nichts dafür!«
»Trotzdem! Tut mir leid!«
Mit wachsender Verzweiflung zieht sie an verschiedenen Strähnen, es fühlt sich an, als würde sie mir die Haare mit der Wurzel ausreißen.
»Mensch, das klappt einfach nicht!«, stöhnt sie. »Ich weiß nicht, wie ich den Trimmer rauskriegen soll!«
»Lass mich mal sehen«, sage ich und stehe auf. Der Trimmer hängt mir baumelnd vom Kopf. Ich verziehe das Gesicht, weil es ordentlich wehtut, wenn er so an den Haaren baumelt.
Als ich mich im Spiegel sehe, stoße ich einen Schrei aus. Märta hat es geschafft, einen vier Zentimeter breiten Streifen von der Stirn bis zum Hinterkopf abzurasieren, auf dem die Haare zwei, drei Zentimeter lang sind. Dann hat sie von der Schläfe eine kürzere Strecke rasiert, bis ans Ohr, wo der Trimmer schließlich steckenblieb. Dort hängt er jetzt wie eine dicke rote Metallic-Wurst. Ich sehe echt wahnsinnig aus.

»NUR KEINE PANIK!«, schreit Märta voller Panik.
»WAAAH!«, brülle ich.
»Schön ruhig atmen wir kriegen das schon hin!«, sagt Märta in einem einzigen zusammengezogenen Satz, aber es klingt nicht so, als würde sie selbst daran glauben.
»WIE DENN? WIE DENN?!«
»KEINE AHNUNG! TUT MIR LEID!«
»HÖR AUF MIT DEM EWIGEN TUT MIR LEID!«, brülle ich.
»TUT MIR LEID! ICH HÖR JA SCHON AUF! TUT MIR LEID!«
Plötzlich ein Poltern, als würde jemand die Hüfte gegen die Wohnungstür pressen und gleichzeitig den Schlüssel im Schloss umdrehen! Ich sehe Märta an. Ihre Augen sind weit aufgerissen, wie bei einer Comicfigur. Sie schlägt die Hände vor den Mund.
»Jetzt sterbe ich«, flüstert sie.
»Hallo!«, ruft Papa aus der Diele und zieht gleichzeitig die Tür mit einem Knall hinter sich zu.
Märta und ich starren uns in wortlosem Entsetzen an. Dann höre ich, wie Papas Schritte sich nähern. Ohne lang zu überlegen mache ich einen Satz in die Badewanne und ziehe den Duschvorhang zu.
»Na, so was! Hallo, Metti!«, sagt Papa und streckt den Kopf zur Badezimmertür herein.

»Hallo, Abbe«, sagt Märta.
»Was macht ihr gerade?«, fragt Papa misstrauisch. Er sieht ihr natürlich an, dass hier etwas Verdächtiges im Gang ist. Märta antwortet nicht. Ich bemühe mich, so lautlos wie möglich zu atmen und halte dabei den Trimmer fest, damit er nicht so schmerzhaft an meinen Haaren zerrt.
»Spielt ihr Verstecken?«, fragt Papa und zieht plötzlich den Duschvorhang beiseite. Ich zucke zusammen.
»SASHA!«, schreit er, als er mich sieht. Er hat noch seine grüne Wolljacke an, und seine Backen sind von der Kälte gerötet.
»Hallo, hallo«, sage ich und winke ihm total idiotisch zu.
Sein Blick wandert von mir zu Märta, dann zu den Haarsträhnen auf dem Boden und zum Trimmer, der an meinem Kopf baumelt.
»Was MACHST du da? Warum hast du … meinen Trimmer? Was hast du GEMACHT?«
»Ich sollte wohl lieber dich fragen, was DU hier machst. Du wolltest doch erst um fünf nach Hause kommen!«, kontere ich mürrisch, dann richte ich mich auf und steige aus der Wanne – nicht gerade graziös, denn mit der einen Hand um den Trimmer stolpere ich voll über Märta. Der Trimmer knallt gegen ihren Kopf. Sie stöhnt auf.
»Was soll das heißen, um fünf? Das hab ich doch nie behauptet. Ich hab dir fünfzehn Uhr gesimst.«

Aha, fünfZEHN. Scheiße. Mit der Digitaluhr komme ich immer noch nicht klar.
»Aber das ist jetzt unwichtig!«, sagt Papa. »Was hast du mit deinen Haaren angestellt?«
»Ich wollte sie mir abschneiden, ist aber ein bisschen schiefgegangen. Dein Trimmer taugt echt überhaupt nichts.« Papa nimmt die Brille ab, die beschlagen ist. Dann schließt er die Augen und kneift sich mit dem Daumen und dem Zeigefinger um die Nasenwurzel.
»Sasha. Dies ist ein Apparat für kurze Haare!«
»Genau. Ich will ja kurze Haare HABEN!«
»Man muss aber schon kurze Haare haben, um ihn zu BENUTZEN!«
»Man muss also kurze Haare haben, um die Haare damit kurz schneiden zu können? Tut mir leid, aber so was Blödes hab ich noch nie gehört. Ist ja eine KRASS bescheuerte Erfindung. Ungefähr so wie ... äh ...«
Ich sehe mich um und entdecke die Zahnbürsten im Waschbecken, hole meine heraus, halte sie ihm vor die Nase und sage: »Hör mal, mit DIESER Zahnbürste kannst du dir echt nicht die Zähne putzen, um die zu benutzen muss man doch saubere Zähne haben! Oder ... oder wie ... Nein, dieser Nagellack funktioniert bloß, wenn du die Nägel schon LACKIERT hast, ist doch logisch? Dein Trimmer ist Schrott. Den solltest du zurückgeben.«

»Tja, das könnte inzwischen nicht ganz einfach werden«, bemerkt Papa erschöpft. »Nachdem du daran festhängst.« Er nimmt mir die Zahnbürste aus der Hand und holt seine eigene und das Zahnputzglas aus dem Waschbecken. Plötzlich muss ich kichern. Und da kichert Märta ebenfalls. Und als ich Papas extrem missbilligendes Gesicht sehe, fange ich an zu lachen. Märta geht es genauso, obwohl sie es hinter der vorgehaltenen Hand zu verbergen versucht, aber ihre Backen färben sich rosa von unterdrücktem Lachen.

Papa sieht Märta an, dann mich, schließlich schüttelt er den Kopf und verschwindet in die Diele hinaus. Da explodieren Märta und ich gleichzeitig in einem wilden Lachanfall. Ich sinke auf den Klodeckel und lache so sehr, dass mein ganzer Körper bebt, ich nach Luft schnappe und der Trimmer mir oben auf dem Kopf herumhüpft. Märta muss sich vor Lachen vornüberbeugen und dann in die Hocke gehen. Wir lachen, und irgendwie bleibt die Zeit stehen, alles andere ist verschwunden, es gibt nur noch uns, und ich will, dass es für immer so bleibt.

Da höre ich plötzlich Papa draußen husten. Märta kichert weiter, aber ich höre sofort auf. Es ist, als hätte jemand die Aus-Taste gedrückt. Ich weiß, dass Papa manchmal raucht, wenn ich nicht dabei bin, und das gefällt mir überhaupt nicht. Es reicht, dass ein Elternteil gestorben ist. Wenn Papa sich jetzt auch noch Krebs holt, das packe ich nicht!

Er öffnet wieder die Badezimmertür, hustet noch ein paar Mal und lächelt erschöpft. Aber ich erwidere das Lächeln nicht.

»Sasha, was machen wir nur mit dir? Warum stellst du solche Sachen an? Warum hast du mir nichts gesagt, dann wären wir doch zum Frisör gegangen?«

Ich zucke mit den Schultern.

»Du hättest Nein gesagt. Das weiß ich. Und darum hab ich gedacht, das hier ist einfacher. Und genauso gut.«

Papa wirft Märta einen vielsagenden Blick zu. Sie sieht leicht schuldbewusst aus. Ihre blonden Locken sind ja immer noch sehr lang und vor allem: sehr gleichmäßig.

»Oh ja, ist wirklich gut geworden«, sagt er. »Auf jeden Fall.«

Dann holt Papa eine Küchenschere und schneidet den Trimmer ab, was eine große Erleichterung ist. Schließlich seufzt er und verschwindet in die Küche. Im Spiegel begegne ich meinem eigenen Blick. Kurze kleine Zotteln stehen vom Kopf ab. Hinterm Ohr sind die Haare so kurz, dass die Haut darunter durchleuchtet. Und die ist inzwischen pinkfarben. Auf der anderen Seite hängen mir die Haare immer noch über die Schulter.

»Einmalige Frisur – immerhin!«, sagt Märta und versucht, aufmunternd zu klingen.

»Ja, total«, sage ich und starre mein Spiegelbild an. »Ich seh aus wie eine Irre.«

»Haare wachsen nach!«
»Ja.«
»Haare sind bloß Haare«, sagt Märta und sieht schuldbewusst aus.
»Ja.«
»Das Einzige, was deine Haarwurzeln für den Rest ihres Lebens tun wollen, ist, neue Haare für dich zu produzieren. Vergiss das nicht«, sagt Märta mit ernster Stimme.
»Mhmm.«
»Es hätte schlimmer sein können«, sagt Märta.
»WIE DENN? Wie könnte es schlimmer sein?«
»Äh … du hättest … äh … Donald Trumps Haare haben können?«
Darüber denke ich kurz nach, dabei entstehen in meinem Innern GRAUENHAFTE Bilder. Obwohl das Schlimmste an Trump nicht direkt seine Haare zu sein scheinen.
»Stimmt. Bringen wir es zu Ende?«, frage ich.
»Bist du übergeschnappt? Also, das trau ICH mich jedenfalls nicht! Dieser Trimmer hätte dich ja fast skalpiert!«
»Aber so kann ich doch nicht durch die Gegend laufen?! PAPA! PAPAAA!«
Papa öffnet die Tür zum Badezimmer. Inzwischen hat er seine Jacke ausgezogen, jetzt beißt er gerade herzhaft in einen grünen Apfel. Der Apfel ist so saftig, dass es nur so spritzt, als Papa schmatzend fragt:

»Willst du weiter so aussehen oder willst du lieber zum Frisör? Der Frisör ist gleich unten neben der Bibliothek. Er hat jetzt gerade Zeit.«

»Danke, lieber GOTT!«, seufze ich.

»Es reicht, wenn du mich Papa nennst«, sagt Papa. Eine echt komische Bemerkung, finde ich. Ob sich wohl ein Witz daraus machen lässt?

Später gehen Märta und ich den Hägerstensväg entlang und lutschen an je einem Lolli. Lollis sind eigentlich etwas für jüngere Kinder, aber ich sagte, von der Skalpierung sei ich schockgeschädigt und ich hätte gehört, nach einem Schädeltrauma sei Zucker heilsam. Der Wind bläst kalt um meinen halbkahlen Kopf, als wir vor einem Fotoladen stehen bleiben. Ich spiegle mich im Schaufenster. Der Frisör hat die Haare an den Schläfen abrasiert – es blieb ihm wohl nichts anderes übrig – aber oben auf dem Kopf sind sie ein klein bisschen länger. Das Ganze sieht okay aus. Ganz okay. Wenigstens versuche ich mir das einzureden. Vielleicht muss ich mir auch eine Baseballkappe zulegen.

»Kurze Haare stehen dir gut«, sagt Märta und fährt mir mit den Fingern durchs Haar, ohne in irgendwelchen verfilzten Knoten hängen zu bleiben.

»Danke«, sage ich. »Lange Haare stehen dir gut.«
Sie lächelt, wird aber plötzlich ernst.
»Ich muss mich entschuldigen«, flüstert Märta.
»Sag jetzt nicht schon WIEDER, dass dir das mit dem Trimmen leidtut! Das verbiete ich dir!«, sage ich.
»Nein, das ist es nicht … es ist nur, dass … vorhin hab ich gesagt … also, ich sagte: Jetzt sterbe ich. Als dein Papa kam.«
Sie spricht stoßweise und so schnell, dass man kaum versteht, was sie sagt. Den roten Lolli hat sie aus dem Mund genommen, jetzt dreht sie ihn nervös zwischen den Fingern. Sie schaut mich unglücklich an. Ich runzle die Stirn. Kapiere nicht, was sie meint.
»Es tut mir leid, dass ich so was gesagt hab.«
Da geht mir ein Licht auf.
»Mensch, Märta. Klar musst du sagen dürfen: ›Jetzt sterbe ich.‹ Komm, wir gehen jetzt heim, was essen. Wer nichts isst, der stirbt! Stimmt doch, oder?«
Meine Stimme klingt erschreckend forsch. *Punkt 1. Haare abschneiden. Check!*

UNFREIWILLIG EINMALIG

Es ist der zwanzigste März, also habe ich heute Geburtstag! Ich werde zwölf. Ich gehe von elf, was die Atomnummer für das Element Natrium ist, zu zwölf, das ist die Atomnummer für das Element Magnesium. In der Schule nehmen wir zurzeit die Elemente durch. Oder die GRUNDELEMENTE, wie Cecilia übertrieben begeistert betont. Natrium finde ich gut, weil das so was wie Salz ist. Und ich liebe Salz. Wenn ich mich für den Rest meines Lebens zwischen süß oder salzig entscheiden müsste, würde ich auf jeden Fall salzig wählen. Fast alle in meiner Klasse würden süße Sachen wählen. Auf die Art bin ich einmalig. Leider bin ich auch auf andere Art einmalig. Unfreiwillig einmalig.
Papa ist siebenundvierzig, und das ist die Atomnummer für Silber, das gefällt mir.
Aber ich weiß nicht, was ich von Magnesium halten soll, weil ich noch nichts darüber weiß.
Ich liege unter der Bettdecke und stelle mich schlafend. Draußen in der Küche klappern Papa, Omi und Papas Bruder Onkel Ossi mit dem Geschirr und unterhalten sich flüs-

ternd. Das Wort Onkel klingt irgendwie so alt, aber Ossi ist viel jünger als Papa, ungefähr neunundzwanzig oder dreißig, hab vergessen, wie alt genau, darum weiß ich nicht, welches Element er eigentlich ist.
Ein kleiner Spalt grauweißes Licht an der Seite des Rollos erhellt das Zimmer. Papa muss alles, was auf dem Boden herumlag, aufgesammelt haben, nachdem ich gestern eingeschlafen bin. Das macht mich immer wieder leicht verwirrt. Beim Einschlafen – schlimmstes Durcheinander. Beim Aufwachen – pedantische Ordnung.
Die Ziffern auf dem Darth-Vader-Wecker stehen bei 06.47.
Und jetzt immer noch bei 06.47.
Und immer noch. Wie kann es so lange 06.47 Uhr sein? Unfassbar! Papa nennt solche langsamen Minuten S-Bahn-Minuten. Und zwar, weil, wenn wir S-Bahn fahren wollen, steht manchmal »3 Minuten« leuchtend rot auf der Anzeigentafel am Bahnsteig, und dann, drei Minuten später, steht IMMER NOCH »3 Minuten« auf der Tafel. S-Bahn-Minuten, das bedeutet die langsamsten Minuten der Weltgeschichte.
Immer noch 06.47. Haben sich die Ziffern vielleicht verhakt? Ich schüttle Darth, doch das hilft nichts, also stelle ich ihn wieder hin. Er guckt mich mit seinen schwarzen glänzenden Augen an.
»Auf geht's, Darthy boy«, flüstere ich.
Und da endlich: 06.48.

Und plötzlich höre ich:
»*Lang soll sie leben, lang soll sie leben, lang soll sie leben, Hunderte von Jahr!*«
Ist doch echt krass, dass manche Sachen einen die ganze Zeit nur an das erinnern, woran man nicht denken will! Hundert Jahre leben. Ja, wenn Mama das hätte tun dürfen, das wäre schön gewesen. Hundert Jahre. Oder wenigstens fünfzig. Dann wäre ich bei ihrem Tod erwachsen. Das wäre doch einfacher? Oder? Es fällt mir schwer, nicht an meinen letzten Geburtstag zu denken, als ich elf wurde. Daran, wie Mama in mein Zimmer kam und sang. Und typisch nach Mama roch, wie immer, wenn sie gerade aufgewacht war. Immer, wenn sie mich dann in den Arm nahm, presste ich meinen Kopf an ihren Hals und schnupperte an ihren Nackenhaaren. Dort roch sie am meisten nach Mama. Da musste sie lachen, sagte, das würde kitzeln. Ich hab solche Angst, ich könnte ihren Duft irgendwann vergessen.
Mama blieb bei sechsunddreißig Jahren stehen. Ich werde immer älter werden, sie aber nicht. Sie wird immer sechsunddreißig bleiben. Sechsunddreißig ist die Atomnummer für Krypton. Krypton ist ein Edelgas, das in der Erdatmosphäre sehr selten ist. Genau wie Mama. Selten. Ich hätte gewünscht, Mama wäre wenigstens neunundsiebzig geworden. Neunundsiebzig ist die Atomnummer für Gold. Gold hält ewig.

Jetzt drängeln sich Papa, Omi und Ossi in der Türöffnung und singen, dass die Fensterscheiben nur so klirren. Papa steht ganz vorne und hält ein Tablett in den Händen. Gestern durfte ich mir mein Geburtstagsfrühstück wünschen: Heiße Schokolade mit Schlagsahne. Obstsalat und Joghurt. Eine Scheibe Toast mit Erdbeermarmelade. Auf dem Tablett sind außerdem noch: eine brennende Kerze, eine Serviette mit einem Leoparden drauf und ein lila Blümchen in einem Eierbecher. Das hat Papa garantiert vom Usambara-Veilchen in der Küche abgezwickt. Ich setze mich im Bett auf. Ossi drängt sich an Papa vorbei. Er hat die Ärmel an seinem geblümten Hemd hochgekrempelt, jetzt kann man seine vielen Tätowierungen sehen.

»Du hast gar nicht geschlafen! Gib's zu!«, sagt Ossi und umarmt mich. Er riecht nach Zigarettenrauch, aber bei ihm regt mich das nicht so auf. Außerdem riecht er immer danach, und es hat ja keinen Sinn, sich immer aufzuregen. Vor allem nicht über Ossi.

»Ein bisschen schwierig zu schlafen, wenn gewisse Typen morgens um halb sieben laut an der Tür klingeln«, sage ich.

»Er ist wirklich ein hoffnungsloser Fall!«, sagt Papa. »Ich hab ihm direkt davor gesimst: ›Leise reinschleichen! Die Tür ist offen!‹ Manchmal hab ich den Verdacht, dass du meine SMS gar nicht liest?«

Papa dreht sich zu Ossi um, und Ossi fährt sich mit der

Hand durch das schwarze Elvis-Haar. Vielmehr fährt er sich nicht mit der Hand DURCH das Haar, sondern eher ÜBER das Haar. Irgendwie streichelt er es, ganz vorsichtig, so wie man ein Kaninchen streichelt. Vermutlich weil er so viel Wachs und Spray und Zeugs draufgetan hat. Draußen könnte der totale Orkan sein, Ossis Haare würden trotzdem absolut unverändert aussehen.

»Hey, natürlich LESE ich sie, aber dann … also, vielleicht vergesse ich sie manchmal. Du weißt schon … ADHS.«

Ossi hat ADHS und redet sich immer irgendwie damit heraus. Wenn er zu spät kommt: ADHS. Wenn er vergessen hat, etwas zu besorgen: ADHS. Wenn er nicht zuhört: ADHS. Also, natürlich glaube ich nicht, dass er lügt. Garantiert fällt ihm manches schwerer, weil er ADHS hat. Aber gleichzeitig kommt mir unwillkürlich der Gedanke, dass es unglaublich praktisch sein muss, immer für alles eine Ausrede zu haben!

Jetzt verwuschelt er mir die Haare.

»Ehrlich, ich fahr echt auf deine neue Frisur ab!«, sagt er.

»Und ich fahr auf deine alte Frisur ab!«, sage ich und grinse.

Ossi macht Platz für Omi, die brav hinter ihm gewartet hat. Sie lässt sich schwer auf die Bettkante sinken. Das ganze Bett knarzt. Omi wiegt über hundert Kilo. Behauptet aber, sie würde achtundneunzig wiegen. Papa meint, in Sachen Gewicht sei es problematisch, wenn man in den dreistelligen

Bereich rutscht, und darum würde sie ein bisschen flunkern. Sie legt mir ein großes weiches Paket auf den Schoß. Es ist in weißes Papier mit hellblauem Blümchenmuster eingepackt, wie alle Geschenke von Omi. Eigentlich ist das kein Geschenkpapier sondern Tapetenpapier. Alle Geschenke, die ich je von Omi bekommen habe, sind in diese Tapete verpackt. Irgendwann vor fünfzehn Jahren hat sie aus Versehen zwanzig Rollen Blümchentapete gekauft, dann aber festgestellt, dass ihr das Muster nicht gefällt, und da war es zu spät, die Tapete zurückzugeben.

Omi nimmt meine Hand und hält sie fest. Schaut mir lange in die Augen, so lange, dass es fast ein bisschen lästig wird, und sagt:

»Sasha, wie FÜHLST du dich jetzt? An deinem zwölften Geburtstag?«

Es ist, als würde sie eine sehr tiefsinnige Antwort erwarten. Eine Art Weisheit, das Leben sei ein Geschenk, oder was auch immer. Aber da habe ich gerade nichts Passendes auf Lager.

»Äh … ja, das ist wohl … das ist so, wie wenn man von Natrium zu Magnesium geht.«

Omi sieht mich fragend an.

»In der Schule nehmen sie gerade die Elemente durch«, erklärt Papa. »Das Element mit der Nummer Zwölf ist Magnesium.«

»Aha. Ehrlich gesagt, nehme ich Magnesium gegen saures Aufstoßen«, teilt Omi mit.
Na super. Danke für die Info, Omi. Jetzt weiß ich also auch über Magnesium Bescheid.
Papa stellt das Tablett auf den Boden und drückt mich ganz fest.
»Glückwunsch, mein Schatz!«
In seiner Schlafanzugshose und dem abgetragenen T-Shirt sieht er froh und entspannt aus. Keine Brille. Ohne Brille kommt mir sein Gesicht immer verändert vor, irgendwie schutzlos, oder vielleicht so, als wäre er gerade erst aufgewacht. Ungefähr wie ein Panda ohne die schwarzen Ringe um die Augen.
»Ossi, die Geschenke!«
»Ja! Genau!«
Ossi stürzt aus dem Zimmer und kommt fünf Sekunden später mit drei Paketen im Arm zurück, die er aufs Bett kippt. Eins ist eine kleine Schachtel mit einer roten Samtschleife, eins ist ein weicher Karton, vielleicht etwas zum Anziehen, und das Dritte ist ein bisschen größer und härter, in blaues Papier eingepackt, irgendwas Buchmäßiges. (Aber hoffentlich nicht. Vergiss nicht Punkt 3 auf der Liste: *Keine Bücher lesen.*)
»Was ist von wem?«
Ich schaue von Papa zu Ossi.

»Alle sind von mir«, sagt Papa.
Ossi macht ein verlegenes Gesicht.
»Hm, also, gestern hab ich es irgendwie nicht rechtzeitig geschafft, und dann … hm… heute morgen hatten sie nicht auf.«
»Bekanntlich gibt es nur wenige Läden, die um sechs Uhr früh offen sind«, sagt Papa.
»Aber ich weiß GENAU, was ich dir kaufen werde, du kriegst es in allernächster Zukunft!«
Papa rollt die Augen.
»Das macht nichts«, sage ich.
»ADHS«, sagt Ossi entschuldigend und zuckt die Schultern.
Aus Omis Paket kommen eine weiße superweiche kuschlige Decke und ein weißes superweiches Kissen, die aussehen, als wären sie aus Kaninchenfell, und sich auch so anfühlen (sind sie aber nicht, zum Glück!). Gefallen mir sehr. Von Papa bekomme ich einen Atlas (perfekt – ein Buch, das man nicht lesen muss, sondern nur anzuschauen braucht) und eine coole tighte Jeans (dunkelblau, aber ich werde versuchen, sie in eine rote oder vielleicht gelbe umzutauschen).
Die kleine Schachtel hebe ich bis zuletzt auf. Alle drei starren mich erwartungsvoll an. Es ist ziemlich offensichtlich, dass sie wissen, was in dieser Schachtel ist.
»Vielleicht eine Uhr? Oder eine Halskette?«, sage ich, aber als ich die Schachtel schüttle, fühlt sie sich ganz leicht an,

und nichts rasselt. Fast aufreizend langsam ziehe ich am Band der Schleife.
Als ich den Deckel öffne, begreife ich zuerst null. In der Schachtel liegt ein Foto, sonst nichts. Ein Foto von einem Hund. Von einem Welpen. Ein Cockerspaniel, glaube ich, hellbraun wie ein Sahnebonbon. Er ist so süß, dass man einen Zuckerschock kriegt. Ich drehe das Foto um. Da steht: *Gratuliere! In sechs Wochen gehöre ich dir!*
»Versteh ich nicht?«, sage ich und sehe zu Papa hoch. Denn ich kapiere überhaupt nichts.
Papa strahlt vor Begeisterung.
»Du bekommst ihn!«, sagt er. »Den Hund! Ich hab so unglaublich viel über diese Sache nachgedacht, und ich glaube, das wird richtig, richtig gut. Für dich. Für uns. Nach … allem, was passiert ist.«
Langsam geht es mir auf. Ich bekomme einen jungen Hund. Einen Welpen! Watteweiche Wärme breitet sich in mir aus. Es fühlt sich an, als hätte man mir tatsächlich einen Welpen, so einen knuddeligen sahnebonbonbraunen Welpen direkt auf den Schoß gesetzt.
Ich starre Papa an.
Seit meinem ersten Lebensjahr habe ich um einen Hund gebettelt. Wauwau war mein drittes Wort. Zuerst »Mama«, dann »Lampe«, dann »Wauwau«. »Papa« kam erst an vierter Stelle. Mein armer Papa. Jetzt kommt er immerhin an erster

Stelle. Mein Interesse für Lampen hat trotz allem erheblich abgenommen.

Papa sieht mich an. Seine Augen funkeln. Ich schiele zu Ossi rüber, der begeistert grinst und von einem Fuß auf den anderen tritt, hin und her, als würde er tanzen. Es fällt ihm schwer, stillzustehen. Omi sitzt, wo sie sitzt, auf meiner Bettkante. Schwer und unbeweglich, aber mit einem Lächeln auf den Lippen.

Ein Welpe, der nur mir gehören wird, nur mir. Ein kleiner Hundewelpe, mit dem ich schmusen und kuscheln darf und dem ich »Sitz« und »Bei Fuß« und Pfoten-high–five beibringen kann.

Aber.

Plötzlich ist es, als würde jemand einen Eimer eiskaltes Wasser über mich auskippen. Ein Welpe. Ich kann mich nicht um einen Welpen kümmern! Ist doch klar! Das würde niemals klappen. Ich kann das nicht. Das ist unmöglich.

Punkt 2. Versuch gar nicht erst, dich um etwas Lebendiges zu kümmern.

Die weiche Wärme im Bauch verschwindet schlagartig. Als wäre ich aus einer Sauna direkt in den Schnee hinausgetreten. Ich zwinge mich dazu, den Deckel wieder auf die kleine Schachtel zu legen. Meine Hand zittert dabei, aber ich muss das Bild des molligweichen Hundchens verdecken. Ich binde das Samtband wieder um die Schachtel. Lasse mir Zeit

beim Zubinden. Mache einen Doppelknoten. Einen doppelten Doppelknoten sogar.
»Papa. Das geht nicht. Das kann ich nicht«, sage ich.
Papa schaut mich an, zwinkert verwirrt.
»Wie meinst du das?«
»Ich meine damit, dass ich mich nicht um einen Hund kümmern kann. Das geht nicht.«
Papa sieht aus, als hätte ich ihm ins Gesicht geschlagen.
»Was ... wie? Was sagst du da?«
»Nein. Ich sage Nein! Das geht nicht. Danke, aber nein.«
Ich spüre, wie Tränen in mir aufsteigen. Aber ich weigere mich! Ich weigere mich zu weinen. Ich zwinge die Tränen zurück, so wie immer. Mein Hals schnürt sich zu. Ich kann nicht schlucken. Es ist, als könnte ich nicht atmen. Ich springe aus dem Bett und pralle auf dem Weg aus dem Zimmer gegen Ossi, der wiederum in meine verstaubte Legokonstruktion kracht, die seit gut einem halben Jahr dasteht. Dann schließe ich mich im Klo ein. Sehe mich im Spiegel an. Das hier bin ich. Sasha. Zwölf Jahre alt. Zwölf, die Ordnungsnummer für das Element Magnesium. Eingeschlossen im Klo. Viel zu kurze braune Haare, an die ich mich noch nicht gewöhnt habe. Braune Augen mit einem goldenen Ring um die Pupille.
Mamas Augen
Augen, die sich mit Tränen füllen. Ganz, ganz vorsichtig lege

ich mich auf den Fußboden, damit die Tränen nicht überfließen. Ich starre an die Decke, wo die Farbe abzublättern beginnt. Ich will nicht blinzeln, weil dann die Tränen anfangen würden zu fließen. Ich weigere mich zu weinen. Und solange die Tränen noch in den Augen bleiben, ohne auf die Wangen hinunterzutropfen, gilt es nicht als Weinen. Um mich abzulenken, denke ich an die Liste. *1. Haare abschneiden. 2. Versuch gar nicht erst, dich um etwas Lebendiges zu kümmern. 3. Keine Bücher lesen. 4. Nur bunte Outfits tragen. 5. Nicht zu viel denken (am besten gar nicht). 6. Nicht spazieren gehen, meide den Wald. 7. Comedy Queen werden!*
Liegt hier jemand, der den größten Fehler des Jahrhunderts gemacht hat?, frage ich mich.
Nein. Das hier ist richtig. Natürlich ist es das.

ICH + MÄRTA = HERZ

Dieses Jahr streiche ich meine Geburtstagsparty. Ich pack das einfach nicht. Leute, die bei mir daheim rumlatschen und alles anglotzen. Dann würde es irgendwie so krass deutlich werden, dass Mama nicht da ist, weil sie im vorigen Jahr ja da war.
Klar, man hätte die Party einfach woandershin verlegen können. Papa hat zum Beispiel ein Picknick mit Abenteuerparty im Wald beim Hellashof vorgeschlagen. Da soll es angeblich eine Art Abenteuerpfad geben. Die Idee ist bestimmt gut (auch wenn ich mir da nicht so GANZ sicher bin). Aber:

A) Ich verweigere den Wald. (Remember: *Punkt 6. Meide den Wald.*)
B) Picknick IM FREIEN? IM MÄRZ? IN SCHWEDEN? Okay, wenn ich ein Fakir wäre. (Aber selbst wenn ich gezwungen wäre, ein Fakir zu sein, würde ich mich lieber selbst in Brand stecken. Ich kann Kälte nicht ausstehen.)
C) Abenteuerpfad. Also ehrlich, auf noch mehr Abenteuer in meinem Leben kann ich echt verzichten.

D) Zu diesem Abenteuerpfad gehört u.a., um nur eines der bescheuerten Abenteuer zu erwähnen, ein Spaziergang hoch oben zwischen den Bäumen. Ja, du hast ganz richtig gehört. Als ob es nicht anstrengend genug wäre, auf dem Erdboden herumzulaufen, soll man da also in der Luft herumspazieren.

Jesus ist zwar übers Wasser gegangen, wie es in der Bibel heißt. Aber sogar ER war klug genug, um einzusehen, dass man nicht auf Luft gehen kann. (Außerdem war das Wasser damals garantiert gefroren.)

Warum sonst gibt's denn überhaupt einen Erdboden? Und die haben nicht mal eine Brücke gebaut, über die man gehen könnte. Logo, bloß nichts Stabiles. Dann wäre es ja keine HERAUSFORDERUNG. Stattdessen haben sie in einer Höhe von zehn Metern lose BRETTER aufgehängt. An manchen Stellen sind nicht einmal Bretter. Da baumelt man dann nur an irgendeinem alten abgeschabten Seil. An einer Stelle muss man über einen Balken balancieren. Ich wiederhole: ZEHN METER über dem Boden. Das Ganze endet glorreich damit, dass man, nur an einer Schnur befestigt, mit einer vierzig Meter langen Seilbahn durch die Luft gondelt und in einer klapprigen Baumhütte landet. Das heißt, wenn man zuvor keinen Frontalzusammenstoß mit einer Kiefer gemacht hat. WOHLBEMERKT: Das alles tun die

Leute freiwillig. Und bezahlen auch noch Geld dafür. Also ehrlich.
E) Ich bin nicht in Partylaune.
F) Die einzige Person, die ich treffen will, ist Märta.

Märta hat mich nach der Schule zu sich eingeladen. Ich darf aber nicht gleich mitkommen, so wie sonst, sondern erst nach einer halben Stunde. Sie müsse nämlich vorher noch etwas erledigen. Als ich an der Tür klingle und Märta öffnet, kann ich nicht einmal »Hallo!« sagen, bevor sie mit ihrer heiseren Stimme »Warte!« schreit. Sie zwingt mich, in der Diele stehen zu bleiben, während sie in die Küche zurückrennt. Ich bleibe also in der Diele stehen und starre die vielen Porträts von all ihren extrem ernsten schwarzweißen Verwandten an, die an den Wänden hängen. Also, die Fotos sind schwarzweiß. Die Verwandten sind vermutlich genauso rosabeige wie Märta, ungefähr. Ich liebe Märtas Haut, die ist fast durchsichtig. Wenn sie die Augen schließt, sieht man die kleinen Äderchen, die wie ganz, ganz dünne Linien übers Augenlid laufen. Märta gefällt meine Hautfarbe besser. Sie sagt, ich sehe aus, als wäre ich das ganze Jahr über braungebrannt. Mama hatte die gleiche Haut. Vielleicht ist es so, dass einem das am besten gefällt, was man selbst nicht hat? Die Wände in Märtas Diele sind also von Fotos bedeckt. Keine drei Zentimeter Abstand zwischen den einzelnen

Rahmen. Auf einem Bild sitzen zwei Frauen, die Haare streng im Knoten, und starren direkt in die Kamera. Ihre Kleider haben UNFASSBAR viele Knöpfe, so viele Knöpfe, dass es einen halben Tag gedauert haben muss, bis die zugeknöpft waren. Und dann, wenn der halbe Tag vorbei war, mussten sie natürlich anfangen, alles wieder aufzuknöpfen, um rechtzeitig zur Schlafenszeit aus den Kleidern zu kommen. Die Frauen scheinen zu sagen: »Kann denn niemand endlich den Reißverschluss erfinden, und zwar jetzt sofort?« Aber das ist nicht das Gruselige an dem Bild. Sondern die Tatsache, dass beide Frauen die Arme um eine Nähmaschine gelegt haben, die zwischen ihnen auf dem Tisch steht. Als wäre es ihr heißgeliebtes Kind oder so.

Auf einem anderen Bild sitzt ein Mann in einem Anzug mit Weste. Er hat einen gewaltigen struppigen Schnauzbart, seine Haare glänzen wie geschleckt. Hochzufrieden thront er neben einem ausgestopften Fuchs, der ehrlich gesagt ziemlich räudig aussieht. Und da wollen sich die alten Leute über UNSERE Selfies beschweren!

Dann ruft Märta:

»Komm!«, und endlich darf ich in die Küche. Dort hat sie eine Miniparty für nur uns beide vorbereitet! Und dabei hab ich gedacht, wir wollten nur ganz normal ein bisschen abhängen! Auf dem Tisch steht eine Eisbombe, so was Gigantisches hab ich noch nie gesehen!

»Wow! Hilfe!«, rufe ich aus und schlage die Hände zusammen, genau wie Omi es getan hätte. »Wann hast du die denn gemacht?«, frage ich, weil ich nicht kapiere, wann sie das geschafft haben soll. »Jetzt nach der Schule?«
»Also heute morgen hab ich angefangen bin krass früh aufgestanden um Viertel nach sechs ungefähr aber besorgt hab ich alles schon gestern und fertiggemacht jetzt vorhin!«
Das alles sagt Märta in einem einzigen Atemzug. In diesem Augenblick sehe ich garantiert aus wie ein einziges Herzaugen-Smiley. Weil echt! Märta ist die Beste im ganzen Universum. Ich weiß nicht, wen ich mehr liebe – Märta oder diese Mega-Eisbombe. Oder stop, klar weiß ich das. Märta liebe ich am meisten. Aber: I laaaaave Eisbomben!
»Ich hab eine ganze Packung Eiscreme gebraucht, ein Dutzend Baisers, drei Bananen und fast eine ganze Packung tiefgekühlte Erdbeeren. Ja, und dann noch Schokoladensoße, natürlich. Wahnsinnig viel Schokoladensoße!«
Sie schaut mich erwartungsvoll an und schiebt ihre Baseballkappe so hin, dass ihre Ohren noch ein bisschen mehr abstehen als vorher schon.
»Oh Mann, Märta! Du bist einsame Spitze!«
Ihre Backen werden rot.
»Ich hab nicht mehr genau gewusst, ob du Sahne magst, darum hab ich sie erst mal weggelassen, aber ich hab so ein Dingsbums – wo ist es jetzt wieder?«

Märta sieht sich suchend um und zieht dann eine Dose Spraysahne hervor, die sich hinter der Haushaltrolle versteckt hatte.

»Märtaberta, ich werd dir zeigen, ob ich Sahne mag!«
Sie reicht mir die Dose, ich reiße den Mund auf und spritze Sahne hinein. Die Sahne ist kalt, weich und federleicht. Märta lacht laut und schreit:
»Warte!«, dann setzt sie eine Erdbeere oben auf die Sahne in meinem Mund.
»Ii eeh Ooe!«
Was ich zu sagen versuche, ist »wie eine Torte«, doch das klappt nicht, die Sahne ist zu dick und glitschig und gleitet mir allmählich in die Kehle. Wir müssen beide schrecklich lachen, und die Sahne spritzt über den Küchenboden. Dann holt Märta zwei Wunderkerzen und tut so, als wollte sie mir die in den Mund stecken, steckt sie dann aber doch lieber in die Eisbombe und zündet sie an. Warme gelbweiße Funken sprühen knisternd in die Luft, dazu singt Märta *Hoch soll sie leben, an der Decke kleben,* so schnell, wie dieses Lied wohl noch gar nie gesungen worden ist.

Dann fallen wir über die Eisbombe her, direkt aus der Schüssel, ohne Teller. Es schmeckt himmlisch! Kalt, luftig, locker, süß und knusprig. Wir reden kaum, sagen nur »MMM« und »AAAH«, und Märta sagt außerdem »MJAMMIMJAMMIMJAMMI«, aber das macht sie wohl vor allem, um mich

zu ärgern, weil sie weiß, dass ich das nicht leiden kann. Wir schaffen es, fast die ganze Eisbombe zu verputzen.
Hinterher muss Märta hinliegen, um sich auszuruhen. Ihr Bett ist superordentlich gemacht, hat einen Überwurf mit einem dicken Panda drauf und mindestens zehn verschiedenfarbige Kissen. Ich plumpse neben sie hin, allerdings so, dass ich mit dem Kopf neben ihre Füße zu liegen komme.
»Würdest du deine Füße bitte von meinem Gesicht entfernen?«, sagt Märta und knufft mit ihrer Wange meine Füße weg.
»Würdest du dein Gesicht bitte von meinen Füßen entfernen?«, kontere ich.
Da kitzelt Märta mich unter den Fußsohlen, bis ich meine Füße wegziehen muss.
»Hilfe! Ich glaube, ich bin NOCH NIE in meinem ganzen Leben so satt gewesen!«, ächze ich und gucke auf meinen Bauch hinunter, der kurz vor dem Platzen zu sein scheint.
»Ich werde nie mehr etwas essen, niemals«, stöhnt Märta. Plötzlich richtet sie sich auf, steckt die Hand unters Bett und zieht ein Paket hervor, das sie mir zuwirft. Bevor es auf den Überwurf fällt, landet es auf meinem Schenkel. Es ist hart.
»Was? Ein Geschenk! Für mich!«
»Warum siehst du so überrascht aus? Du hast doch Geburtstag!«

Ich setze mich auf und fange an, es auszupacken. Es ist ein Buch. Oh nein. *Punkt 3: Keine Bücher lesen.* Doch als ich das Papier ganz entfernt habe, sehe ich, dass es ein Notizbuch ist! Mit einem rosa Flamingo vorne auf dem Einband.
»Damit du deine vielen komischen Witze aufschreiben kannst. Für dein Stand-up!«
Also. Märta ist wirklich die Beste.
»Märta … danke! Das ist ja einfach mega! Jetzt muss ich nur noch lernen, wie das geht. Wie man so ein Stand-up stand-upt.«
Ich lache angestrengt.
»Aber das kann man doch garantiert googeln?«
Märta hüpft an den Schreibtisch und öffnet ihr Laptop. Anfangs war ich neidisch, dass sie ein eigenes hatte. Aber dann hab ich Mamas altes Laptop bekommen. Das gehört jetzt mir. Zuerst wollte ich es lieber nicht benutzen, aber dann hab ich es trotzdem getan. Es hätte ja sonst nur so herumgestanden.
Märta ruft Google auf und schreibt »Stand-up, wie macht man das?« in die Suchzeile. Jede Menge Clips erscheinen. Wir checken und checken, einen Clip nach dem anderen.
Ich lerne die wichtigsten Ausdrücke, schreibe sie gleich in mein neues Notizbuch:

SET-UP: Der erste Teil vom Witz, der ihn aufbaut. Die Information, die das Publikum braucht, um den Witz zu begreifen.
PUNCHLINE: Das, was das Publikum zum Lachen bringt. Die eigentliche Pointe.

Märta legt sich wieder aufs Bett. Sie behauptet, sie befinde sich im Eisbombenkoma. Ich lese ihr laut vor:
»Das Set-up soll das Publikum glauben lassen, der Witz werde sich in eine gewisse Richtung bewegen, doch dann wird es überrascht, wenn die Punchline kommt.«
»Punsch? Ist das nicht eine Art Alkohol?«, fragt Märta.
»Schon, aber diesen Punsch trinkt man nicht auf dem Weihnachtsmarkt, die Punchline, das ist nämlich die Pointe.«
»Aha«, murmelt Märta schläfrig. »Ich kapier gar nichts.«
»Pass mal auf, nehmen wir zum Beispiel den hier: »Also, da sind ein Deutscher, ein Russe und ein Schwede.«
»Und was machen die?«, fragt Märta.
»Still jetzt. Noch mal: Da sind ein Deutscher und ein Russe und ein Schwede, und die geben damit an, wer den kleinsten Vater hat. Da sagt der Deutsche: ›Mein Vater ist so klein, dass er in einen Schuhkarton passt.‹ Und der Russe sagt: ›Mein Vater ist so klein, dass er in eine Streichholzschachtel passt.‹«
»Fett klein, der Papa«, sagt Märta und rülpst aus Versehen, dann müssen wir kichern.

»Okay, das war also das Set-up, glaube ich wenigstens«, erkläre ich. »Und jetzt! Bereite dich auf die Punchline vor, auf die Pointe!
Hier kommt sie: Da muss der Schwede plötzlich weinen. Er sagt: ›Mein Vater ist gestorben, als er von der Teppichkante fiel.‹«
Märta sieht mich an, mit unbewegter Miene.
»Nicht unbedingt der lustigste Witz des Jahres«, sagt sie und gähnt laut.
Märta ist extrem lieb, aber auch extrem ehrlich. Das ist gut, nehme ich an, aber trotzdem strecke ich ihr die Zunge raus und drehe mich um, weil ich weiterschreiben will.

ROUTINE: Mehrere Witze zum selben Thema.
SET: Mehrere Witze oder Routinen hintereinander. Die Dauer eines Sets kann zwischen Minuten und Stunden variieren, je nach Art der Show.
BOMBEN: Alles geht schief. Kein Mensch lacht.
KILLEN: Es läuft unheimlich gut. Megagut. Alle lachen.

Einfach unglaublich – sogar wenn ich etwas über die Kunst, Leute zum Lachen zu bringen, lernen will, tauchen Wörter auf, die mich an Mama denken lassen. Aber ich zwinge die Gedanken weg. *Punkt 5: Nicht zu viel denken.* Nicht zu viel denken. Nicht zu viel denken.

Ich schiele zum Bett rüber. Märta scheint auf ihrem Kissenberg eingeschlafen zu sein. Ihre blonden Locken liegen ausgebreitet da, die Baseballkappe ist ihr über die Augen gerutscht. Jetzt werde ich mir einen Gag ausdenken. Einen guten Gag. Keinen albernen Witz wie der vorhin. Ich hole mein Handy hervor, auf dem ich die Liste der komischen/nervenden Sachen fotografiert habe.

Hamsterbärte; verheddderte Kopfhörer; alles, was man in den sozialen Medien macht; Leute, die nichts checken, wenn man einen Film gucken will; wenn Papa einfach nicht die Tür zumacht, obwohl man es ihm sagt.

Nichts davon kommt mir komisch genug vor. Aus dem Bett dringen kleine Schnarchtöne. Märta muss echt müde gewesen sein. Plötzlich fällt mir eine Sache ein, die vorige Woche passiert ist, als ich nach der Schule einen Berliner kaufte. Irgendwie hab ich das Gefühl, dass sich da irgendwo ein Gag versteckt. Als würde der im hintersten Winkel meines Gehirns lauern. Ich fange an zu schreiben. Ich schreibe, streiche durch, schreibe noch einmal. Die Minuten vergehen, während ich in mein Flamingo-Buch schreibe und schreibe. Ich rede leise vor mich hin. Probiere verschiedene Formulierungen aus. Was klingt am besten? Was am witzigsten? Ich vergesse die Zeit, und als ich endlich fertig bin, hab ich keine Ahnung, ob eine Viertelstunde vergangen ist, eine halbe Stunde oder eine Stunde. Und das liegt nicht nur daran, dass ich mit der Digitaluhr meine Probleme habe.

Als ich den Stift hinlege, habe ich einen Gag. Meinen allerersten selbst geschriebenen Gag! Mit Set-up, Punchline und allem Drum und Dran. Ich stehe auf und schüttle Märta. Hebe ihre Baseball-Kappe an und ziehe ihr ein Augenlid mit dem Zeigefinger hoch. Ein unwilliges blaues Auge schaut darunter hervor.

»Märta, Märta! Hör mal!«

»Was ist?«

»Ich hab meinen ersten richtigen Gag geschrieben!«

Märta gähnt verschlafen und räkelt sich wie eine Katze.

»Okay. Leg los.«

Ich stelle mich vor sie hin. Atme ein. Atme aus. Fühle mich seltsam nervös. Aber wenn ich mich nicht mal traue, es Märta vorzuführen, wem denn dann? Mein Herz klopft heftig, als ich anfange.

»Okay. Also. Neulich war ich in einem Café und hab einen Berliner gekauft.«

»Was für ein Café war das? Das Café hinter der Schule?«

»Ja, klar, aber das ist nicht wichtig. Still jetzt, Märta! Und die haben mir für den Berliner eine Quittung gegeben. Also, bitte … für einen Berliner brauch ich doch keine QUITTUNG. Ich gebe ihnen Geld, sie geben mir einen Berliner, und damit ist die Sache klar. Es gibt keinen Grund, eine Menge Papier und Tinte in diese Abmachung einzubeziehen!«

Ich mache eine kleine Kunstpause und fahre fort:

»Es fällt mir schwer, mir eine Situation vorzustellen, in der ich jemals NACHWEISEN muss, einen Berliner gekauft zu haben.«

Märta grinst und kichert halb schnaubend durch die Nase.

»Das war lustig«, sagt sie. »Aber ich weiß ehrlich gesagt nicht, ob das nicht daran liegt, dass ich Berliner so mag.«

Im selben Augenblick hören wir die Wohnungstür zuschlagen. Die Wohnung wird plötzlich von Stimmen und lautem Geschrei erfüllt. Märtas Eltern und Märtas kleiner Bruder sind nach Hause gekommen.

»METTI METTI, WO BIS DU? BIS DU DA?«, brüllt Märtas kleiner Bruder.

»Oh no«, stöhnt Marta. »Der Banjoschänder has entered the building!«

WASA SPORTKNÄCKE KRACHT AM LAUTESTEN

»Sie weint nicht! Ich weiß nicht, was ich tun soll … Inzwischen ist es fast sechs Monate her … das kann doch nicht normal sein.«
Ich höre Papa spät abends am Telefon. Er glaubt, ich wäre eingeschlafen, aber das bin ich nicht. Ich liege im Bett und guck auf meinem Handy Youtube-Clips über Stand-up-Komiker, mit nur einem Kopfhörer im Ohr, um zu merken, falls Papa sich nähert. Eigentlich hätte ich vor einer halben Stunde das Licht ausmachen sollen. Jetzt ziehe ich schnell den Kopfhörer raus, liege regungslos da und starre in der Dunkelheit die Darth-Vader-Silhouette an.
»Ja, aber ich mache mir Sorgen! Und sie will mich nie zum Grab begleiten. Und dann hat sie den Welpen abgelehnt! Also … ich begreife allmählich gar nichts mehr.«
Es wird still. Papa murmelt etwas. Ich höre nicht, was. Möchte nur wissen, mit wem er spricht. Ossi kann es wohl kaum sein. Vielleicht mit irgendeinem Kumpel oder mit Omi? Ich mag es nicht, dass er über mich spricht, wenn ich nicht dabei bin.

Und überhaupt – kapiert er denn nicht, dass ich ihm einen Gefallen tue? Dass ich ihn nicht noch trauriger machen will, als er schon ist? Ich will nicht jemand sein, den er trösten muss.

So wie Mama.
Wie oft hat er bei ihr am Bett gesessen. Wie oft hat er versichert: Mama muss sich nur ein wenig ausruhen. Wie oft ist sie nicht mitgekommen. Zu Omi, in den Park, zu Einladungen. Die vielen Tränen, die sie geweint hat. Immer lautlos. Kein Schluchzen, kein Geschrei. Nur lautlose Tränen, die strömten und strömten, bis ihre Wangen glänzten. So viele, viele Tränen! Ich glaube, sie hätte eine ganze Badewanne damit füllen können.

So ist es. Ich weigere mich zu weinen. Ich tue alles, um das zu vermeiden. Aber manchmal kommen die Tränen trotzdem. Ich hasse es, wenn das passiert. Dann habe ich einen Spezialtrick: Ich schlucke ganz fest und zwinge die Tränen zurück. Schlucke und schlucke und schlucke. Ist manchmal schwierig, aber es geht. Hauptsache, man schafft es, den Kloß im Hals zu ertragen. Manchmal, wenn es wirklich kurz davor ist, mache ich es so wie neulich auf der Toilette. Ich lege mich auf den Boden, damit die Tränen nicht herausfließen, und wenn trotzdem eine entwischt, versuche ich sie ins Auge zurückzuschieben. Sie also direkt dorthin zurückzubefördern, wo sie hergekommen ist. Sie in den Schädel zurückzupressen. Am besten ist, sich abzulenken. Irgendeinen Film zu gucken. Laut krachend Knäckebrot zu essen. Wasa Sport-Knäcke kracht am lautesten. Und dann sag ich mir die Liste auf:

Haare abschneiden. Versuch gar nicht erst, dich um etwas Lebendiges zu kümmern. Keine Bücher lesen. Nur bunte Outfits anziehen. Nicht zu viel denken. Nicht spazieren gehen, den Wald meiden. Comedy Queen werden! Ich höre die einzelnen Worte kaum noch. Es ist zu einer Art Litanei geworden, fast wie ein Gebet.

Inzwischen ist Papas Stimme schwächer, er muss ins Wohnzimmer gegangen sein. Ich höre nicht mehr, was er sagt. Soll ich in die Küche schleichen und heimlich lauschen? Aber plötzlich stößt er einen gedämpften Aufschrei aus:

»KJP?«

Und ich erstarre am ganzen Körper. KJP. Ich weiß, was KJP bedeutet. Das ist die Kinder- und Jugendpsychiatrie. Psychiatrie! Genau wie bei Mama. Ich weigere mich! Ich bin nicht krank. Ich bin nicht psychisch krank.

Ich höre seine Stimme. Schnappe ab und zu ein Wort auf. »Ja … wäre vielleicht gut … KJP … mache mir Sorgen.« Plötzlich wird es dort draußen still, er muss aufgelegt haben. Dann kommen Fernsehgeräusche. Klaviermusik.

Ich brauche viele Stunden, um einzuschlafen, weil ich so mega-mega-wütend bin. Und weil ich so eine Mega-mega-Angst habe. Und dagegen helfen auch keine noch so komischen Youtube-Clips.

MAN WIRD SICH DOCH ÄNDERN KÖNNEN!

Ein paar Tage später treffe ich Ossi nach der Schule. Er will mich zu einer Cola einladen und mir das Geschenk überreichen, das er nicht rechtzeitig zu meinem Geburtstag besorgt hatte. Wir treffen uns bei der U-Bahn in Skanstull. Die Gehwege sind von aufgeschaufelten braunen Schneematschhaufen gesäumt.

Wenn ich mit Ossi unterwegs bin, fühle ich mich immer ein bisschen stolz. Er sieht nämlich aus wie ein Rockstar. Schwarze Lederjacke mit tausend funkelnden Reißverschlüssen, dunkelblaue enge Jeans, Stiefel und heute ein weißes Hemd, gemustert mit Kreuz, Karo, Herz und Pik, das unter einem dicken grauen Pulli herausschaut. Und dann natürlich die Haare. Die Elvis-Haare.

Wir gehen in ein Lokal, das Twang heißt, wo Ossi jeden zu kennen scheint. Ob er das wirklich tut, ist nicht sicher, Ossi ist einer, der mit allen Leuten redet, egal, ob er sie kennt oder nicht. Er kann echt mit einfach jedem ein Gespräch anfangen, über echt jedes beliebige Thema!

Drei typische Ossi-Happenings:

1. Einmal hat er an einer Bushaltestelle angefangen, mit einer älteren Frau namens Ingegerd über Geranien zu quatschen. Ossi hatte null Ahnung von Geranien, wusste aber viel darüber zu sagen. So wie fast immer. Danach wurden sie die dicksten Freunde. Inzwischen besucht Ossi Ingegerd regelmäßig einmal die Woche. Sie lädt ihn zum Mittagessen ein (was echt super ist, weil er immer wieder vergisst, dass er etwas essen muss, ihr wisst schon, ADHS!) Und er wechselt bei ihr die kaputten Glühbirnen aus, bringt die Mülltüten raus und zieht die Kuckucksuhr auf. Win-win, das finden beide, Ingegerd und Ossi!

2. Ein anderes Mal wartete er irgendwo in einem Lokal vorm Klo und unterhielt sich solange mit einem Typ über Rock'n'Roll und über Elvis (das ergab sich, weil der Typ Ossis Frisur bewunderte). Es stellte sich heraus, dass der Typ vorhatte, seine Wohnung zu verkaufen und eine Weltreise zu machen. Und weil Ossi so nett war, schenkte der Typ ihm fünf E-Gitarren. FÜNF! Ossi hat fast nie Geld, aber jetzt besitzt er fünf E-Gitarren, auf denen er nicht spielen kann. Denn auch wenn er wie ein Rockstar AUSSIEHT, ist er total unmusikalisch. Diese Gitarren sind offenbar zigtausend Kronen wert. Papa findet, Ossi soll sie lieber verkaufen, anstatt ihn immer wieder anzu-

pumpen, aber Ossi ist der Ansicht, Geschenke soll man nicht verkaufen. Außerdem sagt er, sie sehen bei ihm an der Wand echt gut aus, und da kann ich ihm nur zustimmen. Vor allem eine mintgrüne, die sieht echt SUPERMÄSSIG gut aus.

3. Ein drittes Mal unterhielt sich Ossi im Park mit einem Mann, der gerade sein Minihundchen ausführte. Hinter dem Mann standen zwei Muskelprotze in schwarzen Anzügen und dunklen Sonnenbrillen und starrten finster durch die Gegend. Aus irgendeinem Grund unterhielten sich Ossi und der Mann mit dem Minihund darüber, wie man Sticker am besten entfernt (kein Mensch weiß, warum). Der Mann hatte Kinder, und die hatten sämtliche Türen mit Stickern vollgeklebt, Sticker, die sich nicht mehr entfernen ließen. Ossi gab ihm den Tipp, Sticker könne man mit einer Art Benzin entfernen. Der Mann bedankte sich herzlich und schüttelte Ossi die Hand. Als Ossi dann ein paar Tage später bei uns vor dem Fernseher saß und Nachrichten guckte, rief er plötzlich aus: »Diesen Heini da kenne ich doch!« Es zeigte sich, dass es der MINISTERPRÄSIDENT gewesen war, mit dem er sich im Park unterhalten hatte. Papa konnte es einfach nicht FASSEN, dass Ossi den Ministerpräsidenten nicht erkannt hatte, obwohl sie bestimmt eine Viertelstunde

miteinander geredet hatten. Aber Ossi interessiert sich nicht sehr für Politik. »Außerdem hab ich vor allem mit dem Hund herumgeschmust«, sagte Ossi. Als Tierfreund kann ich ihn ja verstehen, obwohl es vielleicht noch interessanter gewesen wäre, wenn er mit dem Ministerpräsidenten herumgeschmust hätte.

Meistens macht es Spaß, wenn Ossi anfängt, mit den Leuten zu reden, aber manchmal nervt es ein bisschen, wenn er mit sämtlichen Geranientanten/Gitarrentypen/Ministerpräsidenten, die ihm zufällig über den Weg laufen, mindestens siebzig Jahre lang labern muss.

Diesmal redet er nur fünf Minuten mit dem blonden Mädchen an der Kasse, und für Ossis Verhältnisse muss das wohl als kurz bezeichnet werden. Er bestellt ein Bier, weil es schon fünf Uhr ist, und dann sei das okay, sagt er, und ich kriege eine Cola und einen dicken zuckrigen Muffin. Wir setzen uns an einen Tisch, und Ossi holt ein Paket aus seiner Stofftasche. Auf dem Geschenkpapier, in das es eingewickelt ist, sind Pferde drauf. Man sieht, dass er es selbst eingepackt hat und dass er es bestimmt schon mehrere Tage mit sich herumgetragen hat, denn an einer Stelle hat das Papier sogar schon Löcher.

»Oh, vielen Dank!«, sage ich.

»Bitte sehr!«, sagt er und trinkt einen Schluck Bier.

Er hängt die Lederjacke mit den vielen Reißverschlüssen über den Stuhlrücken. Seine Beine hüpfen die ganze Zeit auf und ab. Ich öffne das Paket, packe eine Hundeleine aus braunem Leder aus. Erstaunt sehe ich Ossi an.
»Aber …«
»Ja?«
»… ich krieg doch gar keinen Hund!«
»Wirklich nicht?«
»Nein … aber … das hab ich doch gesagt?«
»Ich dachte natürlich, das sei nicht dein Ernst!«
»Warum denn nicht?«
»Seit du auf der Welt bist, redest du doch praktisch von nichts anderem! JEDEN Tag. Seit du ›Wauwau‹ sagen kannst, redest du von Hunden, und das war auch das erste Wort, was du überhaupt von dir gegeben hast!«
»Eigentlich das dritte, aber …«
»Du hast von Hunden geredet und von Hunderassen und davon, wie man Hunde erzieht und was für ein fantastisches Frauchen du mal wirst und … und … Jetzt kapier ich gar nichts mehr!?«
»Man kann sich doch ändern!«
»Ja, das kann man natürlich, aber …«
»Danke, das ist wahnsinnig lieb von dir, Ossi, wirklich superlieb. Aber … ich werde den Hund nicht annehmen. Und darum brauche ich das hier nicht. Aber ehrlich, vielen Dank.«

Ich schiebe die Leine über den Tisch zurück.
»Aha, aber was sollen die jetzt mit ihm machen? Mit dem Hund? Abbe hat ihn doch bestimmt schon bestellt? Sogar schon eine stattliche Summe angezahlt, glaube ich.«
Darüber habe ich nicht einmal nachgedacht. Dass Papa Geld ausgegeben haben könnte. Ich denke an den sahnebraunen kleinen Cockerspaniel und stelle mir vor, dass er bald einer anderen Person gehören wird. Das tut weh. Mein Herz tut bei diesem Gedanken richtig spürbar weh.
»Keine AHNUNG! Irgendjemand wird ihn schon nehmen!«
»Hey! Schon verstanden. Du brauchst nicht so zu schreien.«
Ossi hebt die Hände, wie um mich zu stoppen. Ich kaue intensiv an meinem Muffin, um Ossis Blick nicht begegnen zu müssen. Er senkt das Kinn, nimmt einen Schluck Bier und sieht mich ernst an.
»Wenn du es so haben willst, dann ist es eben so.«
»Ja, so will ich es haben«, sage ich.
Ein paar Meter weiter weg steht die blonde Bedienung, sammelt Geschirr ein und wischt Tische ab. Sie schielt zu Ossi rüber, bestimmt findet sie, dass er gut aussieht, die meisten finden das. Aber er merkt nichts. Stattdessen sagt er:
»Na ja, dummerweise kriegt man das Geld für die Leine nicht zurück. Aber man kann sie umtauschen. Du kannst sie in der Zoohandlung umtauschen. In was du willst. In Katzenfutter, Sägemehl. Aquariensand! You name it!«

Ich lache.
»Ey, ist ja voll cool! Ein bisschen Aquariensand hab ich mir schon immer gewünscht.«
»Oder … vielleicht wäre ein hübscher Kauknochen oder eine kleine Aufziehmaus das Richtige?«
»Ich hab's! Ein Kratzbrett! Oder ein paar Kilo gemischtes Vogelfutter!«, sage ich.
Ossi lacht so laut, dass die Bedienung und ein paar Gäste sich zu uns umdrehen.
»Du bist witzig«, sagt er.
»Ist das wahr? Findest du das wirklich?«
Ich überlege, ob das hier irgendeinen komischen Gag ergeben könnte. Hole das Flamingo-Buch aus der Tasche und schlage eine Seite auf.
»Ja! Du bist mit Abstand das witzigste Kind, das ich kenne!«
Ich kriege ein warmes Gefühl in den Bauch. Während ich »Sachen im Zooladen umtauschen« notiere, denke ich, vielleicht habe ich doch funny bones, trotz allem. Bis mir plötzlich etwas aufgeht:
»He! Wie viele Kinder kennst du überhaupt?«
»Hm … na ja, das sind wohl, mal überlegen … eins … zwei … nein, wahrscheinlich doch nur eins. Dich.« Er lacht.
»Och!« Ich haue ihm auf den Arm.
Ossi klaut ein Stückchen von meinem Muffin und kaut nachdenklich.

»Was hättest du denn gern stattdessen? Falls du jetzt kein Kratzbrett findest, das dir gefällt?«
»Hm …«
Ich überlege kurz. Schaue aus dem Fenster. Draußen schiebt eine Mutter einen Kinderwagen vorbei. Ein kleiner Junge fährt wacklig auf seinem Laufrad nebenher. Die Bedienung ist hinausgegangen. Rasch und geübt fegt sie auf dem Gehweg Schnee und Kies vor dem Eingang zusammen. Und plötzlich bekomme ich eine so glänzende Idee, wie man sie vielleicht nur dreimal im Leben bekommt.
»Ich will. Dass du mir hilfst. Eine Stand-upperin zu werden!«
»Was zu werden – was hast du da gesagt?«
»Stand-up! Stand-up-Komikerin! Das will ich werden, und du sollst mir helfen. Du sollst mir helfen, Comedy Queen zu werden!«
Ossi starrt mich an, als wollte er mich hypnotisieren. Nicht mal seine Beine bewegen sich mehr.
»Zugegeben, ich bin wahnsinnig komisch«, sagt er dann, »aber trotzdem weiß ich nicht, ob ich die Gabe habe …«
»Nein, nein, so nicht. DU sollst es mir nicht beibringen. Eher so, dass du irgendwie … also, ich weiß nicht. Kannst du nicht irgendeinen Stand-upper auftreiben, der es mir beibringen könnte?«
Da scheint er wieder zum Leben zu erwachen.

»Aha! Ja, ich weiß zwar nicht genau, wie ich dir helfen kann, aber wenn es das ist, was du dir wünschst, dann werde ich es echt versuchen.«

»Genau das ist es, was ich mir wünsche!«

Ich strecke die Hand aus. Er nimmt sie und schüttelt sie so heftig, dass die normalerweise betonharte Elvisfrisur im Takt dazu hüpft.

»Aber du musst VERSPRECHEN, Papa nichts zu verraten!«, sage ich.

»Warum das denn?«

»Weil es eine Überraschung werden soll!«

Papa soll wieder froh werden. Dafür werde ich sorgen!

»Okay«, sagt Ossi, steht auf und steckt sich eine Fluppe in den Mundwinkel. »Ich bin einverstanden. Aber nur, wenn du mit nach draußen kommst, eine rauchen.«

»Ich darf nicht rauchen, das weißt du!«

»Haha, witzig, witzig«, bemerkt Ossi trocken. »Los, komm jetzt mit!«

Ossi braucht immer Gesellschaft. Nicht einmal die fünf Minuten für eine Zigarettenpause mag er allein sein. Ich ziehe meine Jacke an.

»Hurra. Hab mich schon den ganzen Tag danach gesehnt, bei eisigem Wind und Schneematsch draußen zu stehen und Zigarettenrauch ins Gesicht gepustet zu kriegen.«

»Ist dein Glückstag heute, Schätzchen.«

FRÖHLICH UND NORMAL

Wir sitzen auf einem knallblauen Sofa im Wartezimmer der KJP. Hinten in der Ecke sitzt ein Junge mit langen schwarzen Haaren und großen roten Kopfhörern auf einem genauso blauen Stuhl und nickt im Takt zur Musik. Er scheint konzentriert an seinem Tinnitus zu arbeiten, ich kann die Musik nämlich bis hierher hören.

Ich bin so stinkwütend, dass ich kaum sprechen kann. Aber das werde ich nicht zeigen. Meine Strategie ist klar. Ich werde beweisen, dass ich der fröhlichste Mensch auf Gottes Erdboden bin. Dass noch niemand jemals so gut drauf war, wie ich jetzt gerade. Ich habe die Geburtstagjeans an (inzwischen hab ich sie in eine rote umgetauscht), und dazu ein blauweiß gestreiftes Shirt. Meiner Meinung nach: extrem normale Klamotten, und doch farbenfroh. Ich setze ein breites Lächeln auf, kontrolliere kurz mein Aussehen mit der Kamera meines Handys. Kommt ein bisschen steif rüber. Meine Augen sind zu weit aufgerissen. Also versuche ich, weicher zu lächeln, irgendwie natürlicher, damit die Augen nicht so stark an Tischtennisbälle erinnern.

»Was machst du da?«, fragt Papa plötzlich.
Und dabei hab ich gedacht, ich wäre sicher! Vorhin erst hat er völlig versunken ein außerordentlich langweiliges Informationsblättchen über Nagelpilz studiert.
»Ein Selfie«, sage ich und mache eine Aufnahme.
»Hier ... in der KJP?«
»Äh ... na klar. Was ist daran so erstaunlich?«
Aber im Innern gebe ich zu, dass es doch ein wenig erstaunlich ist.
Plötzlich taucht ein junges Mädchen mit kurzen blonden Haaren in der Türöffnung auf. Sie hat weite Militärhosen an und ein T-Shirt, auf dem eine lachende Bratwurst einem genauso fröhlichen Taco, das von Soße, Reibekäse und Tomatenstückchen nur so trieft, ein High-five gibt.
»Sasha?«
Sie schaut mich fragend an. Ich schaue sie fragend an. Was will sie von mir? Da schaut sie Papa fragend an, und er schaut genauso fragend zurück. Worauf ICH Papa fragend anschaue und er mich fragend anschaut. Niemand checkt, was hier läuft. Der Junge mit den Kopfhörern schaut uns alle fragend an.
»Dann bist du ... also, sind Sie ...?«, stottert Papa.
»Ich bin Linn, ja, stimmt«, sagt sie. »Ich bin Linn, die Psychologin.«
»Ach so, aha!«, sagt Papa.

Ich hab mir ja nicht direkt vorgestellt, meine Psychologin müsse Gunhilda heißen, graue Haare haben und hundert Jahre alt sein, aber trotzdem, eine so junge Psychologin, mit einem so schrägen T-Shirt? Ist so was überhaupt erlaubt? Ist das nicht irgendwie kränkend, wenn jemand depressiv ist? Aber weil ich ja keinerlei Depris habe, hab ich natürlich null Probleme mit diesem T-Shirt.
Zufällig stehen Papa und ich gleichzeitig auf, und das wirkt dann so, als würden wir uns beide zu Linn vordrängen, fast so, als wäre sie Beyoncé und wir zwei entflammte Fans. Sie sollte nur wissen, dass ich ungefähr so entflammt bin wie ein Faultier mit Burnout. Ich bin als Erste am Ziel. Gebe ihr die Hand und sage:
»Schassa, nein … äh, Sasha!«
Oh Gott, ich spreche meinen eigenen Namen falsch aus! So was MACHT man doch nicht! In meinem ganzen Leben ist mir das noch nie passiert. Oder, okay, als ich klein war, da hab ich mich selbst Bojboj genannt. Völlig unklar, warum.
Um die krasse Peinlichkeit zu überspielen, dass ich soeben meinen eigenen Namen falsch gesagt habe, füge ich hinzu: »Freut mich, dich kennenzulernen!«, mit einer Stimme, die, meiner Meinung nach, fröhlich klingt und KECK, wie Omi sagen würde.
Papa sieht mich befremdet an, dann gibt auch er Linn die Hand.

»Abbe, oder eigentlich Albert.«
»Kommt bitte mit«, sagt Linn und geht voraus durch den Flur.
Während wir ihr folgen, sehe ich Papa an, reiße die Augen auf und wende die offenen Hände nach oben, ich will nämlich irgendwie ausdrücken »WTF?«, worauf er die Schultern zuckt und mich anstarrt, als wollte er sagen »Keine Ahnung!«, und genau in dem Moment dreht sich Linn zu uns um und sagt: »Hier ist es!« und deutet auf eine Tür, die nur angelehnt ist.
Im Zimmer dahinter sehe ich vier kleine Sessel, rings um ein Tischchen gruppiert. In der Ecke steht ein Schreibtisch. Die Sonne scheint so stark durchs Fenster, dass es mich blendet. Linn eilt hinein und zieht die Jalousie herunter.
»Vielleicht ein wenig zu hell!«, bemerkt sie.
»Es kann nie hell genug sein«, sage ich, weil ich ja soo fröhlich und normal bin und alles mag, was hell und warm ist, wie zum Beispiel die Sonne.
Fröhliche Kinder mögen doch die Sonne? Oder? Hoffentlich darf ich etwas malen. Dann male ich eine Sonne. Und ein rotes Haus. Und fröhlich spielende Kinder.
Ich halte es so wie Omi und wähle den Sessel, der in der Ecke steht. Omi sitzt nie mit dem Rücken zur Tür. Sie behauptet, so was würden Cowboys nie tun, weil sie dann riskierten, erschossen zu werden. Omi ist allerdings ziemlich

weit davon entfernt, ein Cowboy zu sein, und es gibt wahrscheinlich kaum jemand, der so wenig riskiert, erschossen zu werden wie ausgerechnet Omi, aber trotzdem. Sicher ist sicher.
»Na gut«, sagt Linn, nachdem wir alle Platz genommen haben. »Ich heiße also Linn und bin Psychologin. Als Sie angerufen haben, Abbe, Entschuldigung, Albert, war ich zwar nicht selbst am Apparat, aber ich habe ja gelesen, was in der Anmeldung stand. Ich weiß, was mit deiner Mutter passiert ist, Sasha. Dass sie sich das Leben genommen hat.«
Dass sie sich das Leben genommen hat.
Die Worte bleiben irgendwie in der Luft hängen, nachdem Linn sie ausgesprochen hat. Hängen zwischen uns. Wie Buchstaben aus Feuer. Ich sollte es nicht gut finden, dass sie das sagt. Aber ich muss widerstrebend gestehen, dass ich es gut finde. Ich finde es gut, dass sie sagt, wie es ist. Die meisten schleichen darum herum. Flüstern und glauben, ich würde es nicht hören. Sagen, Mama »sei entschlafen«, »sei nicht mehr bei uns« oder »sei von uns gegangen«. Wenn sie von uns gegangen wäre, hätte sie ja wieder zu uns zurückkommen können.
Linn begegnet Papas Blick.
»Soweit ich verstanden habe, machen Sie sich Sorgen um Ihre Tochter? Weil sie so wenig Gefühle zeigt … stimmt das?«

Ich setze ein breites Lächeln auf, um deutlich zu machen, dass ich freilich Gefühle zeige. Fröhliche Gefühle. Weil ich fröhlich und normal bin.
»Ja, doch, ja genau«, sagt Papa.
Dann wendet sie sich mir zu.
»Sasha, ich kenne dich ja noch nicht, aber vielleicht könntest du ein wenig über dich selbst erzählen? Über dein Leben? Darüber, was du gern in der Freizeit machst?«
»Äh … ja?«
»Oder wenn dir das irgendwie schwerfällt, kann ich den Anfang machen und etwas über mich erzählen«, schlägt Linn vor.
»Nein, ich kann schon anfangen, es ist nur so, dass ich jetzt gerade so unheimlich dringend aufs Klo muss«, sage ich mit einem breiten Lächeln.
»Ausgerechnet … jetzt?«, fragt Papa.
»Jepp«, sage ich.
»Okay«. Linn steht auf, öffnet die Tür und deutet auf eine Toilette, die nur ein paar Meter weiter weg liegt. Ich stehe auf und laufe schnell hin. Dort angelangt schließe ich die Tür, hole mein Handy heraus und google: »Was machen fröhliche, normale Kinder?« Bekomme keine allzu verwendbare Auskunft, außer dass Kinder fröhliche Farben mögen. Ich schnaube. Hab noch nie so was Dämliches gehört! Als ob alle Kinder genau das Gleiche mögen würden. Ändere die

Suchanfrage zu: »Fröhlich und normal. Was macht so jemand?« Auch darauf bekomme ich keine gute Antwort, nur einen Artikel darüber, dass clevere Menschen leichter depressiv werden. Aha, wieder mal typisch. Erst als ich »normale, fröhliche Zwölfjährige« google, bekomme ich ein paar Tipps! Ich schließe die Tür auf und laufe schnell zurück ins Zimmer, um nichts zu vergessen. Papa und Linn sehen beide zu mir hoch, als ich komme.
»Also«, fange ich an, schon bevor ich Platz genommen habe. »Ich sollte ja etwas über mich selbst erzählen. Ich denke, ich bin wohl ganz normal. Ich bin fröhlich und normal. Ich mache gern normale Sachen, wie zum Beispiel Chorsingen. Das macht mich froh.«
Papa sieht erstaunt aus.
»Äh … du singst doch gar nicht im Chor?«
»Nein, aber ich hab's vor!«
»Aha«, sagt Linn. »Du hast also vor, in einem Chor mitzusingen. Aber was machst du *jetzt* in der Freizeit? Nach der Schule und am Wochenende?«
»Ich backe gern! Vor allem Berliner.«
Das ist tatsächlich so, und es scheint auch ganz normal zu sein, gern zu backen. Ich überlege, ob ich den Gag mit dem Berliner anbringen soll, aber das würde dann vielleicht doch etwas unnormal wirken.
»Backen, das mache ich auch gern«, sagt Linn lächelnd.

»Gartenarbeit«, sage ich. »Finde ich einfach TOLL!«
»Aber Sasha. Wir haben ja nicht einmal einen Garten«, wendet Papa ein.
»Nein, aber ich wünschte, wir hätten einen! Das würde mich froh machen! Noch fröhlicher, meine ich natürlich. Ja, was sonst mag ich gern? Ich bin gern mit Märta zusammen, das ist meine beste Freundin.«
»Aha«, sagt Linn. »Und was gefällt dir denn besonders an Märta?«
»Ich glaube, am besten gefällt mir, dass sie so fröhlich ist! Und so normal.«
Im Zimmer wird es still. Papa sieht verwirrt aus.
»Na gut«, sagt Linn. »Und wenn du dich selbst beschreiben solltest? Wie bist du als Person, was würdest du da sagen?«
»Ich bin auch vor allem fröhlich und normal. Ich glaube, darum passen Märta und ich auch so gut zusammen.«
Papa stützt die Stirn auf die Hand und schließt die Augen. Er sieht sehr erschöpft aus.
»Wenn du vielleicht versuchen würdest … irgendwelche anderen Worte als ausgerechnet fröhlich und normal zu verwenden?«, schlägt Linn vorsichtig vor.
»Ja, dann würde ich wohl sagen, dass ich Farben ganz arg mag. Farbenfrohe Farben. Und außerdem bin ich auch nicht so besonders clever. Eigentlich bin ich ein ziemlicher Volltrottel, ehrlich gesagt.«

Nach dem Treffen bin ich sehr zufrieden. Die müssen mich ja sofort abschreiben, wenn ihnen klar wird, wie gut es mir geht und wie normal ich bin. Aus irgendeinem Grund sieht Papa nicht so zufrieden aus. Aber er sagt nichts. Sieht mich nur nachdenklich über den Brillenrand an.

»Gartenarbeit?«, sagt er.

»Jepp«, sage ich.

»Da schau an.«

EIN GRAUES RECHTECK

Ich sitze in meinem Zimmer auf dem Fußboden, das Notizbuch, das Märta mir geschenkt hat, vor mir. Mit dem Finger folge ich den Umrissen des Flamingos. Papa ist auf dem Friedhof. Am Grab. Sein enttäuschter Blick, als ich sagte, ich könne nicht mitkommen. Aber ich KANN nicht. Das GEHT nicht. Mein Körper schafft das nicht.
Eigentlich sollte ich lauter witzige Sachen aufschreiben, aber mir fallen nur traurige ein. Der Welpe. Der kleine Welpe, der nie mir gehören wird. Inzwischen ist er fünf Wochen alt.
Ich schlage das Notizbuch auf und lese, was ich über *Set-up* und *Punchline* und *Killen* geschrieben habe. Blättere weiter, zu einer neuen Seite. Drücke so fest auf den Stift, dass die Spitze abbricht. Klicke eine neue heraus. Schreibe: *Ich hasse dich.* Fülle jeden einzelnen Buchstaben aus, ein Mal, zwei Mal, drei Mal, ich weiß nicht, wie viele Male. Dicke, grauschwarze Bleistiftbuchstaben.
Ich lese die Worte. *Ich hasse dich.* Dann zucke ich zusammen. Versuche alles mit dem harten, trockenen Radierer auszuradieren, der hinten am Stift sitzt, erreiche aber nur, dass die

grauen Buchstaben verschmiert werden. Also reiße ich die Seite aus dem Buch. Knülle sie zusammen und pfeffere sie in den Papierkorb. Lege mich aufs Bett und versuche, das Schwere wegzuschieben. *Punkt 5. Nicht zu viel denken (am besten überhaupt nichts).* Aber es drängt herauf. Drängt und drückt.

Ich stand auf der Liljeholmsbrücke, als Papa anrief. Es war acht Uhr morgens, und ich hatte bei Omi am Zinkensdamm übernachtet. Papa war die ganze Nacht unterwegs gewesen und hatte gesucht. Er und Ossi und die vielen Polizisten. Du warst seit siebenundzwanzig Stunden und achtzehn Minuten verschwunden. Ich war auf dem Weg zur Schule. Omi hatte gezögert, aber ich wollte in die Schule. Ich wollte an einen Ort, wo alles normal ist. Meine Jacke war zu dünn, der Wind pfiff durch den Stoff. Papas Stimme war schwach. Ich hörte ihn kaum. Musste auf maximale Lautstärke drücken. Obwohl er es nicht aussprach, begriff ich sofort. Es genügte, seine Stimme zu hören. Etwas wie ein Schlag durchzuckte meinen Körper. Ein elektrischer Schlag durch mein Herz. Ich musste mich am Brückengeländer festhalten. Das Wasser dort unten war dunkel. Hinter mir fuhren Autos vorbei. Auto um Auto um Auto. Hässliche silbergraue Autos. Das Regenwasser spritzte hoch, und ich glaube, noch niemals war mir so kalt. Ossi kommt und holt dich ab, sagte Papa. Bleib, wo du bist. Und ich blieb dort. Und, Mama, weißt du, manchmal kommt es mir fast so vor, als würde ich immer noch dort stehen.

Ich hole mein Handy herauf. Rufe die Youtube-App auf. Gebe den Namen eines Komikers ein, den ich gut finde, und klicke den Clip an. Aber mein Blick wandert immer wieder zum Papierkorb. *Ich hasse dich.*
Dann schieße ich vom Stuhl hoch, renne die drei kurzen Schritte und reiße das Papierknäuel aus dem Papierkorb. Glätte es wieder. Ich ertrage es nicht, dass das so dasteht. Es ist nämlich nicht wahr. Schnell greife ich nach dem Stift und streiche »hasse« durch, erregt streiche ich das Wort mit dicken, grauschwarzen Strichen durch, bis ein graues Rechteck entsteht. Man kann nicht mehr erkennen, was dort stand. *Ich* graues Rechteck *dich.* Unter das Rechteck schreibe ich mit winzig kleinen Buchstaben ein »l«, ein »i«, ein »e«, ein »b« und ein »e«.
Den Zettel falte ich zu einem Flugzeug. Nicht ganz einfach, wenn das Papier so zerknittert ist. Ossi hat mir beigebracht, wie man die besten Papierflieger macht, solche, die am allerlängsten fliegen. Jetzt öffne ich das Fenster. Die Kälte schlägt mir entgegen. Die Sonne ist gerade untergegangen, das Licht draußen tiefblau, fast lila.
Ich bewege meinen Arm nach hinten, hinter die Schulter. Man muss mit genau der richtigen Kraft werfen, das ist

wichtig. Nicht zu leicht und nicht zu fest. Ich korrigiere den Griff, packe mit Daumen und Zeigefinger erneut zu. Dann schicke ich das Flugzeug mit einer kontrolliert ausholenden Armbewegung hinaus. Ein freundlicher Wind fängt den Flieger auf, zieht ihn nach oben. Elegant segelt er zwischen den Bäumen davon. Wo er landet, lässt sich nicht erkennen. Ich schaue lange auf den Punkt, wo er verschwunden ist.

EIN VERWICKELTES ENTWICKLUNGSGESPRÄCH

Papa und ich sind zum Entwicklungsgespräch unterwegs. Der Wind bläst so heftig, dass es sich anfühlt, als würden mir Eiszapfen ins Gesicht gepeitscht. Also nicht besonders angenehm. Papa unter seinem riesigen Fahrradhelm ist dagegen ganz erhitzt, weil er wie verrückt vom anderen Ende der Stadt hierhergeradelt ist. Jetzt schiebt er sein Fahrrad neben mir her, seine grüne Daunenjacke ist aufgeknöpft, sein Gesicht so leuchtend rosa, dass einer dieser knallpinken Textmarker im Vergleich dazu blass aussehen würde. Ich selbst bibbere. Seit ich die Haare abgeschnitten habe, ist es mir im Nacken immer kalt. Es ist sieben Grad unter Null, sowohl gestern als auch heute hat es geschneit. Bisher hat mich der April ziemlich enttäuscht.

»So, das hier verspricht ja interessant zu werden!«, sagt Papa, seine Stimme klingt froh und eifrig.

»Vielleicht nicht unbedingt superinteressant«, sage ich und ziehe meine Handschuhe aus. Möchte die Erwartungen gern ein wenig dämpfen. Ich nehme eine Handvoll Schnee und forme einen Schneeball daraus. Die Schneekristalle funkeln

im grauweißen Tageslicht. Die äußerste Schicht des Schneeballs schmilzt in meinen Händen und wird schnell eisig und glatt. Er ist fast perfekt rund.
»Was, warum nicht? Klar wird das interessant! Es ist doch euer erstes Jahr mit Cecilia. Das Entwicklungsgespräch mit Bosse damals war ja ein Witz.«
Ich muss lachen.
»Ja, es war ja nicht ganz klar, ob er überhaupt wusste, wer ich bin.«
»Also wirklich, so was!«
Papa lächelt und schüttelt den Kopf.
»Wie hat er dich damals genannt? Hanna? Johanna?«
Ich ahme Bosse nach und tu so, als würde ich mich am Bart kratzen. Bosse kratzte sich jedes Mal am Bart, wenn er verwirrt war, und da er immer verwirrt war, kratzte er sich dauernd am Bart. Tyra meinte, vielleicht hätte er ja die Krätze, aber so was haben doch bloß Füchse, oder? Märta tippte auf Schuppenflechte, und dann hätte er einem ja leidtun müssen und wäre kein bisschen lächerlich gewesen.
Er kratzte sich also am Bart, wühlte in seinen Papieren und murmelte: »Hanna hat GROSSE Fortschritte gemacht, sowohl in Mathe als auch in Schwedisch.« Und dann Mama, säuerlich: »Ach, das freut mich natürlich für Hanna, aber könnten wir jetzt vielleicht über Sasha reden?«
Papa und ich lachen laut, als wir uns daran erinnern. Dann

begegne ich seinem Blick, und es ist, als würde jemand auf eine Taste drücken. Wir verstummen beide exakt gleichzeitig.

Mama. Eine Momentaufnahme, wie sie durch die Tür in die Schule hastet. Das Geräusch der Absätze im Treppenhaus, die glänzenden braunen Haare zum Pferdeschwanz gebunden. Was hatte sie an? Den schwarzen Mantel, natürlich, aber sonst? Ich weiß es nicht mehr genau. Eine weiße Bluse vielleicht? Eine graue Hose? Das war ihre Vorstellung von farbenfroh. Weiß. Grau. Roter Lippenstift, als sie sich noch die Mühe machte, sich zu schminken. Sie sah immer so hübsch aus. Das fand ich. Sie war die hübscheste Mama der Welt.

Papa wendet den Blick ab, räuspert sich und lehnt das Fahrrad an einen eisig glitzernden Laternenpfahl.
»Jedenfalls bin ich unheimlich neugierig, was Cecilia sagen wird!«, wiederholt Papa in übertrieben munterem Ton, vielleicht um das Bild von Mama zu überdecken.
Denn es ist doch logisch, dass er jetzt gerade an sie denkt.
Er murkst am Fahrradschloss herum, das aus einem langen verschlungenen giftgrünen Drahtseil und einem normalen Hängeschloss besteht, und scheint nicht so recht damit klarzukommen.
»Cecilia wird wahrscheinlich nicht allzu viel sagen. Bei dem Entwicklungsgespräch soll vor allem ich reden.«

»Was? Warum das denn?« Papa klingt skeptisch.
»Null Ahnung. So machen wir das eben. Alle machen das so.«
»Alle? Welche alle?«
»Alle in der Klasse, alle in Stockholm. Vielleicht alle in ganz Schweden? Ich weiß es nicht.«
»Aber warum denn? Dieses verdammte Schloss! Ich glaube, es ist irgendwie eingefroren.«
Der Schneeball ist inzwischen absolut rund und hart wie ein Stein. Er passt perfekt in meine gewölbten Hände. Vom Schnee und dem peitschenden eisigen Wind sind meine Finger ganz rot geworden, wie tiefgekühlt.
»Vielleicht ist es gut für mich? Für uns. Eigene Verantwortung zu übernehmen oder so? I don't know.«
»Aber hat sie euch nicht erklärt, warum?«
Ich stöhne.
»Garantiert hat sie das irgendwann getan, da war ich vielleicht gerade auf dem Klo, wer weiß, gehen wir jetzt rein?«
»Es lässt sich nicht abschließen.«
Resigniert sieht er mich an. Aber mit diesem großen kugelrunden Helm auf dem Kopf kann man ihn schlecht ernst nehmen. Ossi sagt immer, Papas Helm sieht aus wie einer, den die Clowns früher im Zirkus aufhatten, als sie aus einer Kanone rausgeschossen wurden (und wenn sie Glück hatten, in einem Netz landeten). Entweder so oder wie eine

Bowlingkugel. Es ist ein alter Helm aus der Steinzeit, den Papa secondhand gekauft hat.
»Kann ich das Fahrrad mit reinnehmen, was meinst du?«
»Ins Klassenzimmer? Spinnst du? Warum bindest du es nicht einfach am Pfahl fest?«, frage ich.
»Allerdings besteht die Möglichkeit, dass Diebe Knoten lösen können …«
»Dann mach doch einen deiner fiesen Pfadfinderknoten! Um so einen aufzuknoten, braucht man immerhin ziemlich lang.«
»Also gut.«
Papa beginnt an dem widerspenstigen Drahtseil zu zerren. Er biegt und knotet und bringt schließlich sogar einen Doppelknoten zustande. Mit den umgebogenen Drahtenden sieht es fast so aus, als hätte er das Fahrrad mit einer Schleife angebunden. Richtig cool. Inzwischen ist seine Gesichtsfarbe nicht mehr knallpink, sondern himbeerrot, und seine Brillengläser sind beschlagen.
In einiger Entfernung sehe ich einen Jungen, den ich aus der Schule wiedererkenne, er ist vielleicht ein, zwei Jahre jünger als ich, so genau weiß ich das nicht. Er ist mit seinem Hund auf dem Fußgängerweg unterwegs. Der Hund ist ein schwarzer Labrador, wahrscheinlich noch jung. Er sieht recht klein aus und fegt umher, drückt die Schnauze in den Schnee, schnaubt, rennt im Kreis, bellt und schaut sein

Herrchen erwartungsvoll an. Der Junge lacht laut und wirft ein Stöckchen weit weg.

»Hol's, Tschiff, hol's Stöckchen!«

Tschiff stürzt davon, die rosa Zunge flattert ihm aus dem Mundwinkel.

Es versetzt mir einen Stich ins Herz. *Punkt zwei. Versuche nie, dich um etwas Lebendiges zu kümmern.*

Ich lege meinen perfekten Schneeball auf einen verschneiten Baumstumpf vor dem Eingang. Liegt er noch da, wenn ich wieder herauskomme, bedeutet das, dass ich mich richtig verhalte, dass ich auf der richtigen Spur bin.

Als wir ins Klassenzimmer kommen, sitzt Tyra bereits in einer Ecke und redet mit ihren Eltern, in einer anderen sitzt Nisse mit seiner Mutter und Cecilia. Tyra zwirbelt eine braune Haarlocke zwischen den Fingern und wirft mir finstere Blicke zu, als wäre ich etwas, das die Katze hereingeschleppt hat, wie Omi zu sagen pflegt. An und für sich wäre ich gern von einer Katze hereingeschleppt worden. Wäre ein unvergesslicher Auftritt gewesen!

Ich zeige Papa, wo wir sitzen sollen, für dieses Gespräch sind vier Schulbänke zusammengeschoben worden. Ich gehe zu meinem Tisch und hole die Mappe mit den Papieren, die ich vorbereitet habe, aus der Schublade. Es gibt eine Tagesordnung mit Punkten, die ich befolgen soll. Ich hasse das

Wort Tagesordnung, obwohl ich nicht recht weiß, warum. Manchmal ist das so. Es gibt Wörter, die ich einfach verabscheue. Noch ein paar Wörter, die ich verabscheue:

1. MJAMMIMJAMMIMJAMMI (wie schon erwähnt)
2. PANTOFFELN (Warum nicht einfach Hausschuhe? Geht doch auch, oder?)
3. ZWERCHFELL (da seh ich immer einen Zwerg vor mir, der ein Fell hat. Ein hässlicheres Wort für einen Körperteil kann man lange suchen)

Und außerdem wäre da:

4. TAGESORDNUNG. Was für ein megaspießiges Wort.

Als ich mich bei Cecilia beschwerte, meinte sie, dann soll ich eben AGENDA sagen. Weil sie Dialekt spricht, kam das irgendwie als Arschennda heraus. Da sagte ich, dass ich dann doch lieber bei dem Wort Tagesordnung bleibe. No offense. Jetzt ziehe ich meine Jacke aus und lese den ersten Punkt: »Heiße deine Eltern willkommen.«
Deine Eltern.
Wer hätte gedacht, dass es wehtun würde, einen Punkt eines bescheuerten Entwicklungsgesprächs zu lesen.
»Willkommen zu diesem Entwicklungsgespräch, Papa.«

Ich breite die Arme willkommen heißend (und vielleicht ein bisschen übertrieben) aus.

So, erledigt. Ich streiche den ersten Punkt mit einem dicken schwarzen Strich durch.

»Danke schön«, sagt Papa.

Er hat sich inzwischen drüben beim Spülbecken lautstark geschnäuzt, jetzt zieht er den Stuhl heraus und setzt sich. Oje. Knallrot im Gesicht, beschlagene Brillengläser, Kanonenkugelhelm. Papa hätte durchaus selbst in diesem Zirkus damals auftreten können.

Er sagt:

»Aber warum sitzt Cecilia denn dort drüben?«

Ich will ihn vor allem dazu bewegen, endlich den Helm auszuziehen, und deute darum vielsagend auf meinen eigenen Kopf.

»Was?«, flüstert Papa bestürzt. »Hat sie eine Schraube locker?«

»Nein, nein! Zieh den Helm aus! BITTE!«

»Ach so! Au, den hab ich wohl vergessen.« Endlich nimmt er ihn ab.

»Cecilia ist bei dem Gespräch nicht dabei«, teile ich mit.

Er fährt heftig zurück, eine echt übertriebene Reaktion.

»Machst du Witze?«

»Das wäre ein total schlechter Witz gewesen«, sage ich.

Er starrt mich schockiert an. Ich erkläre:

»Klar kommt sie. Später. Sie ist eben nicht bei dem ganzen Gespräch dabei.«
»Aber warum?«
Er spricht so laut, dass Tyras gesamte Familie sich zu uns umdreht, um zu glotzen. Tyra mustert mich mit einem Gesichtsausdruck, als hätte ich Kotze oder was Ähnliches im Mundwinkel.
Ich stöhne.
»Es IST einfach so. Sei jetzt still.«
Dann lese ich weiter. »Punkt zwei: Erkläre, wie du das Gespräch geplant hast.«
»Ich habe vor, das Gespräch so zu planen, dass es dieser Tagesordnung folgt«, erkläre ich.
»Sollt ihr das tatsächlich so sagen?«, fragt Papa.
»Ich sage es so.«
»Könnte man nicht ein bisschen mehr Info darüber bekommen, wie du das Gespräch geplant hast? Um was es eigentlich darin gehen soll?«
Da werde ich echt irritiert.
»Kannst du nicht endlich aufhören? Ich bin es doch, die das Ganze hier lenkt! Stell nicht immer alles infrage!«
»Tut mir leid, tut mir leid! Werd ich nicht.«
Wir gehen meine Fachbewertungen durch, und bis auf die Tatsache, dass Papa fortwährend zu Cecilia rüberschielt, scheint er trotzdem aufmerksam zuzuhören. Er unterbricht

mich fast überhaupt nicht. Dann steht Cecilia schließlich auf und kommt an unseren Tisch. Heute hat sie sich extrafein gemacht. Dunkelblaue Jeans und eine weiße Hemdbluse. Sie nimmt neben Papa Platz, der plötzlich sehr zufrieden aussieht.

»Läuft alles gut?«, fragt Cecilia.

»Absolut«, sagt Papa.

»Wie weit seid ihr gekommen?«, will sie wissen.

»Wir sind bei dem Punkt angekommen, wo ich meine Stärken durchnehmen soll und alles, wobei ich Hilfe brauche«, sage ich.

Ich überlege, wie ehrlich ich sein soll. Kaue an der Unterlippe.

»Also, meine Stärken sind wohl, dass ich in Schwedisch ganz gut bin. Das, was ich lese, begreife ich gut, und mit der Rechtschreibung hab ich auch keine Probleme. Und außerdem macht es mir Spaß, zu diskutieren. Und ehrlich gesagt, bin ich ziemlich komisch. Kann gut Witze reißen und so.«

Papa räuspert sich.

»Äh ... das gehört vielleicht nicht unbedingt zur Schule?«

»Doch, das finde ich«, sage ich. »In der Schule lernt man ja fürs Leben, das hast du selbst gesagt. Humor ist doch etwas vom Wichtigsten, was man ins Leben mitnehmen kann? Kannst du dir eine Welt ohne Humor vorstellen?«

»Na ja, manchmal frage ich mich, ob das nicht ungefähr so ist, wie bei mir auf der Arbeit«, sagt Papa.
Ich tu so, als hätte ich ihn nicht gehört, und fahre fort.
»Ich bin ziemlich gut in Sport, bis auf Brennball, da bin ich eine Niete, wahrscheinlich, weil ich es nicht so toll finde, andere mit Bällen zu bewerfen. In Englisch bin ich gut, aber eigentlich nicht dank des Unterrichts. Tut mir leid, Cecilia, aber ich glaube, das liegt vor allem daran, dass ich so viel Youtube gucke. In Sozialkunde bin ich gut, das finde ich interessant, Politik und so. Und in Naturwissenschaften auch, vor allem in Chemie. Die Grundelemente machen Spaß, die interessieren mich. Natrium und Magnesium, ich kann viele Atomnummern auswendig. Eigentlich bin ich ja in fast allen Fächern gut. Und dann bin ich auch noch bescheiden!«, füge ich hinzu und lache über meinen eigenen Scherz.
»Weißt du, was bescheiden bedeutet?«, fragt Cecilia, die eventuell keinen Sinn für Ironie hat.
»Ja, irgendwie schon!«, sage ich. »Dass man sozusagen nicht mit sich selbst angibt. Dass man nicht behauptet, man könne etwas am besten, sondern nur: ›Nein, nein, ich kann nicht besonders gut Pferde zeichnen‹, obwohl man freilich gut Pferde zeichnen kann.«
»Ja! Ausgezeichnet!«, sagt Cecilia. »Genau so.«
»Aber, ehrlich, ich hab nur Spaß gemacht, als ich sagte, ich

sei bescheiden … weil ich doch gerade gesagt hatte, dass ich in allem gut sei«, sage ich.
»Aha!« Cecilia lacht laut. »Das war komisch!«
Wie gesagt. Cecilia hat nicht unbedingt funny bones.
Papa lacht nicht, sondern wendet sich stattdessen Cecilia zu: »Stimmt das? Finden Sie auch, dass alles gut geht?«
»Doch, ja, das finde ich. Sasha ist gut in der Schule. Das ist schon so. Aber. Es war ein hartes halbes Jahr. Das muss ich doch sagen. Seit ihre Mutter von uns gegangen ist.«
Von uns gegangen. Schon wieder diese Worte.
Cecilia schaut mich an. Ich merke plötzlich, dass mein eines Bein auf und ab hüpft wie bei Ossi. Ein Unbehagen im Körper. Ich habe nicht damit gerechnet, dass Cecilia darauf zu sprechen kommt. Immerhin habe ich doch alles getan, um es nicht zu zeigen!
Papa nickt und senkt den Blick auf die Bank, auf das hellbeige Holz. Er darf hier nicht weinen. Das darf er nicht. Ich starre ihn wütend an, mit dem Laserblick. Als ob meine Augen seine Tränen am Fallen hindern könnten.
»Wie hat sich das denn bemerkbar gemacht?«, fragt Papa.
»Nun, es ist dir nicht ganz leichtgefallen, dich zu konzentrieren. Nicht wahr, Sasha? Im Unterricht sitzt du oft da und denkst an etwas anderes. Und das begreife ich. Das ist verständlich. Ihr wisst, dass wir hier an der Schule eine Sozialarbeiterin haben. Das erwähnte ich bereits bei unserem Ge-

spräch im Herbst, Albert. Wie sieht es jetzt damit aus? Hast du … jemanden, mit dem du reden kannst, Sasha?«
Cecilia sieht mich mit lieben Augen an. Sie legt den Kopf schief. Jemand, der lieb ist, das ist lebensgefährlich. Dann wird alles in mir ganz weich, und ich kann nichts mehr zurückhalten. Ich schlucke. Presse es hinunter. Zwinge es weg.
»Ja, schon«, sagt Papa. »Wir besuchen die KJP.«
Ich starre ihn wütend an, dann rüber zu Tyra. Wenn sie das gehört hat, werde ich echt jedes einzelne Scheißmöbelstück in diesem Klassenzimmer umschmeißen. Tyra funkelt mich böse an, und ihre Mutter schaut genervt auf die Uhr. Vermutlich sind sie der Meinung, Cecilia solle jetzt gefälligst zu ihnen kommen. Ich hätte nichts dagegen. Von mir aus kann sie sich gern sofort rüberbewegen.
»Was heißt schon besuchen«, sage ich. »Wir waren ein Mal dort. Aber jetzt ist Schluss damit. Ich brauche nämlich niemanden zum Reden. Weil ich nämlich keine Probleme habe.«
»Das zu entscheiden, ist natürlich eure Sache«, sagt Cecilia. »Aber mir ist aufgefallen, dass es Sasha zurzeit besonders schwerfällt, sich daran zu erinnern, dass sie Hausaufgaben hat. Auch Bücher lesen scheint jetzt gerade ein Problem zu sein. Das … das liegt vielleicht daran, dass da zu viele andere Gedanken sind? Liest sie denn, wenn sie zu Hause ist?«

Cecilia wendet sich an Papa, der zu den Fenstern rüberschaut. Draußen hat es wieder zu schneien begonnen. Dies ist etwas, woran er bisher nicht gedacht hat. »Hmm«, macht er nachdenklich.

»Ich weiß nicht recht«, sagt er dann. »Ist es das? Ist Lesen ein Problem für dich?«

Ich räuspere mich. Soll ich sagen, wie es ist? Ich beschließe, ehrlich zu sein. Hole tief Luft.

»Nein, damit hat es nichts zu tun. Es ist nur so … dass … also, ich hab einfach beschlossen, dass ich keine Bücher mehr lesen werde.«

»Du hast was?«, fragt Papa.

»Ich hab aufgehört, Bücher zu lesen.«

Papa und Cecilia sehen mich an, dann sehen sie einander an und dann wieder mich.

»Warum denn? Seit wann?«

»Vor einer Weile.«

»Jetzt machst du vielleicht nur einen Witz?«, sagt Cecilia hoffnungsvoll.

»Nein, ich mache keinen Witz.«

»Schade«, sagt Papa. »Aber ich kapier das nicht. Was soll das heißen, du ›hast aufgehört‹, Bücher zu lesen?«

»Was gibt es da zu verstehen? Ich hab aufgehört, Bücher zu lesen, ganz einfach. Alle Bücher. Schulbücher, normale Bücher, Sachbücher, alles.«

Papa sieht mich an. »Aha. Dann musst du eben wieder damit anfangen!«
»Nein, das werde ich nicht tun.«
»Aber Sasha«, sagt Cecilia mit dieser besonders verständnisvollen, pädagogischen Stimme, die sie meistens benutzt, wenn jemand (meistens Nisse) schwer von Begriff ist. »Du kannst nicht aufhören, Bücher zu lesen. In der Schule muss man Bücher lesen. Fast alle Fächer erfordern, dass man Bücher liest. Vom Leben ganz zu schweigen. Du hast doch vorhin selbst davon gesprochen, dass man fürs Leben lernt. Begreif doch, wie viel Freude das Lesen bereiten kann!«
»Begreift doch, wie viel Kummer es bereiten kann! Es kommt schließlich darauf an, welche Bücher man liest? Von manchen kriegt man ja die letzten Depris!«
»Ja, aber dann kannst du vielleicht ausgerechnet diese Bücher weglassen? Jedenfalls jetzt gerade?«
»Sicherheitshalber werde ich für den Rest meines Lebens sämtliche Bücher weglassen.«
»Für den Rest deines LEBENS?«, wiederholt Papa mit überschnappender Stimme.
»Ja.«
»Das geht doch nicht«, sagt Papa. »Du musst lesen. Ich werde dich zwingen.«
»Entschuldige, aber du plus welche Armee?«
Cecilia macht ein bekümmertes Gesicht.

»Vielleicht«, sagt sie langsam, »sollten wir in unserer Diskussion jetzt lieber eine Pause einlegen. Und vielleicht kommst du später auf andere Gedanken, Sasha. Denn du wirst lesen müssen, um mit der Schule klarzukommen und um die Zeugnisnoten in der Sechsten zu schaffen, nicht wahr?«
»Mal sehen. Es gibt ja andere Möglichkeiten, etwas zu lernen. Youtube.«
Ich sehe, dass Papa wütend ist, aber er hält sich zurück.
Ich mache weiter, nehme die einzelnen Tagesordnungspunkte durch, und Cecilia bleibt die ganze Zeit neben Papa sitzen. Wir reden über meine Schwierigkeiten. Es geht vor allem um Mathe und um die Uhrzeit. Zahlen sind verwirrend, finde ich. Mathe ist das Fach, das mir am meisten Probleme bereitet. Und was die Uhr betrifft, auch da bin ich mir noch nicht hundertpro sicher. Vor allem bei der Digitaluhr.
Als ich Papa frage, welche Ziele ich seiner Meinung nach anstreben soll, hoffe ich, dass er die Uhr irgendwie erwähnt, aber natürlich sagt er:
»Gib die absurde Idee auf, keine Bücher mehr zu lesen.«
Und als ich mich erkundige, ob er irgendwelche Fragen hat, sagt er:
»Wann wirst du wieder anfangen, Bücher zu lesen?«
Er scheint eindeutig auf dieses Ding mit den Büchern fixiert zu sein.
Wir beenden das Gespräch in einem sogenannt »freundli-

chen« Ton, aber jeder mit funktionierenden Ohren kann hören, dass der Ton nicht echt freundlich ist, sondern nur fake freundlich. Als wir uns verabschieden, höre ich, wie Cecilia Papa zuflüstert, er solle keine große Sache daraus machen, ich würde garantiert bald auf bessere Gedanken kommen, und da möchte ich am liebsten losbrüllen: NEIN! WERDE ICH NICHT, DAS HIER IST NÄMLICH DER BESTE GEDANKE, DEN ICH JE GEHABT HABE!
Als wir auf den Schulhof hinauskommen, sieht Papa sich total verwirrt um und sagt: »Jetzt hat auch noch jemand mein Fahrrad gestohlen! VERDAMMT!«
Und ich rolle mit den Augen und deute auf den Laternenpfahl hinter der Ecke, wo er das Rad angeknotet hat. Mein Schneeball liegt immer noch so auf dem Baumstumpf, wie ich ihn hingelegt habe.
Im selben Augenblick ruft Ossi an, Papa antwortet und sagt: »Danke, gut, bis auf Sashas Entschluss, für den Rest ihres Lebens keine Bücher mehr zu lesen, was ihre ganze Schulzeit ruinieren wird.«
Und weil Ossi immer so laut spricht, höre ich seine Stimme aus dem Handy:
»*Bücher lesen? Das hab ich nie geschafft! Und du siehst doch, wie gut alles bei mir läuft!*«
Papa stöhnt gefrustet.
»Du hast ja nicht mal eine Arbeit.«

»*Hey, du hast eine total altmodische Auffassung von Arbeit! Klar arbeite ich!* Ich kriege nur nicht immer Geld dafür«, schreit Ossi ins Telefon.
Aber ich werde Geld verdienen! Ich werde nämlich Stand-upperin. Und dafür braucht man keine Bücher zu lesen.

Ich pfeffere den Schneeball auf das Dreieck am Fußgängerübergang, dem Kerl, der da so eingebildet auf dem Schild rüberstolziert, mitten ins Gesicht. Geschieht ihm gerade recht!

HARRY POTTER HAT SICH NICHT BESCHWERT

Ich sitze im Klassenzimmer und versuche einen Text zu schreiben, in dem ich für die Vorteile einer Schuluniform argumentiere. Wir haben alle verschiedene Themen bekommen, für oder gegen die wir argumentieren sollen. Märta soll gegen das ungesetzliche Runterladen von Filmen argumentieren. Also, dass man nicht dafür bezahlt. Nisse soll gegen Tierversuche argumentieren.
Cecilia sitzt vorne am Lehrerpult und schreibt etwas am PC. Die Tasten klappern so schnell im Takt, da kann man kaum glauben, dass sie tatsächlich was schreibt, und nicht nur irgendwelche Buchstaben und Ziffern auf gut Glück runterdrückt. So ungefähr: fdjslöasdjaklsnfjjöaaifjaly877-943w8y3rhz+oheskdnflidhjalkjensenkaföijasednfklnaksöpskdnfk.
Märta sitzt neben mir und schreibt ebenfalls wie ein energisches Frettchen. Ich schaue mich um. Alle scheinen total in ihre Aufgaben versunken zu sein. Ich stöhne. Vorläufig ist mir nur ein einziges unglaublich schlagkräftiges Argument eingefallen:

1. Harry Potter hat sich nicht beschwert.

Mir ist klar, was Cecilia will. Ich soll schreiben, dass Schuluniformen ein Mittel gegen Mobbing sind, oder so was. Ungefähr so: Wenn alle die gleichen Kleider anhaben, kann keiner wegen seiner Art, sich zu kleiden, verspottet werden. Oder wegen hässlicher, unmoderner oder abgetragener Kleidung. Aber ich weiß, dass es nicht so einfach ist. Als ob ein Mobber nicht ganz schnell was anderes finden würde, wofür man verspottet werden kann. Frisur? Schuhe? Pickel? Man braucht ja nicht mal bescheuert auszusehen, da gibt's trotzdem genügend Möglichkeiten. Einmal hat Tyra versucht mich zu verspotten, weil ich aus Versehen Aubergine (also, das Gemüse) sagte anstatt Aborigine (Ureinwohner Australiens), als ich vor der Klasse ein Referat halten sollte. Damals sagte ich:
»Die Auberginen sind dafür berühmt, dass sie den Bumerang erfunden haben.«
Und da schrie Tyra:
»HAHAHA! Aha! Und die Möhren? Was haben die erfunden? DIE PANFLÖTE, ODER WAS?«
Da wurde ich stinkwütend, ich stürzte an Tyras Bank und brüllte:
»Ja, das haben sie, und WENN DU NICHT AUFPASST, press ich dir gleich eine in den Hals!«

Das regte Cecilia so sehr auf, dass Tyra und ich hinterher in der Pause zum »ernsten Gespräch« kommen mussten. Wir versprachen beide, in Zukunft darauf zu achten, in welchem Ton wir miteinander sprächen, und außerdem an unsere Ausdrucksweise zu denken. Ich sagte, ich würde daran denken. Tyra log und sagte, das würde sie auch tun, aber als wir endlich in die Pause rausdurften, hörte ich sie »was laberst du da für einen Scheißkack« zu Nisse sagen, also hat sie das Ganze wohl nicht so superernst genommen. (Übrigens kann man gegen den Ausdruck »Scheißkack« ja einwenden, dass Kacke und Scheiße ein und dasselbe bedeuten, also ist das irgendwie doppelt gemoppelt, oder?)

Wahrscheinlich haben die Leute nach dieser Sache angefangen zu behaupten, ich hätte »Aggressionsprobleme«. Denen kann ich nur eins empfehlen: KLAPPE HALTEN!!! (Das eben war ein Witz! Kapiert? Den notiere ich mir gleich in mein Flamingo-Buch.)

Plötzlich spüre ich, wie mein Handy an meinem Oberschenkel vibriert. Im Unterricht müssen wir eigentlich die Handys ausschalten, aber ich werfe trotzdem einen Blick hinunter in die Jeanstasche. Eine SMS von Ossi!

```
Hello Sasha! Jetz hab ich mich an einen stand
up-klub rangemacht der heist Society Süd!
```

Da sollen wir einen Typ trefen, der Henrik
heist und schon eine Menge Jahre stand-up
macht! Er hat versprochen dir tips zu geben!
Wenn dein Papa nächstes mal Spätschicht hat?
Grus von your man Oss the Boss!

(Ossi ist nicht besonders gut in Rechtschreibung. Hoffentlich hat das nichts damit zu tun, dass er so wenig liest.)

Das peppt mich jetzt gewaltig auf! So sehr, dass ich fast nicht still sitzen kann. Irgendwelche Argumente für Schuluniformen fallen mir schon gar nicht ein. Bevor die Stunde zu Ende ist, schaffe ich es trotz allem, das hier zu schreiben:

2. Hermine Granger hat sich auch nicht beschwert.
3. Über Ron Weasleys Lippen kam auch kein Wort der Klage.
4. Man kann die Krawatte dazu verwenden, kleine Hasen damit zu fangen.

Werd wohl noch ein bisschen daran feilen müssen.

EIN KNUSPRIGES ERDKRUSTENBROT

Cecilia schlägt ihren Ordner auf und sagt:
»Dann schauen wir mal ... Sasha! Du bist an der Reihe! Bitte sehr.«
Ich raffe die Papiere zusammen, die vor mir auf der Bank liegen, und stehe auf. Lege die wenigen Schritte zum Lehrerpult zurück und drehe mich zur Klasse um. Meine Klassenkameraden sowie meine Klassenperson Tyra sehen mich an. Mit gelangweilten Blicken. Die bisherigen Referate über den Aufbau der Erdkugel waren nicht unbedingt eine WM der Spannung. Nisse scheint tatsächlich eingeschlafen zu sein.
Aber das wird sich jetzt ändern!
Mein Herz klopft. Plötzlich ist mein Mund wie ausgetrocknet. Ich schlucke. Am liebsten würde ich um etwas Wasser bitten, aber ich befürchte, dazu wird Cecilia Nein sagen. Keiner von den anderen hat das gebraucht.
Ich könnte immer noch ein normales Referat halten.
Ein Teil meines Gehirns schreit in schrillem Falsett, das wäre doch das einzig Wahre. Aber werde ich darauf hören? Nein. Kann ich mir nicht denken. Jemand, der im Falsett

schreit, klingt nicht besonders vertrauenswürdig. Ich räuspere mich. Schaue zu Cecilia rüber, die sich aufs Fensterbrett gesetzt hat. Sie nickt mir zu, ich soll anfangen.
»Klasse Fünf C!«, rufe ich plötzlich und staune selbst darüber, wie laut meine Stimme ist. Sogar Nisse schlägt die Augen auf und schaut sich verschlafen um.
»Es freut mich riesig, heute hier sein zu dürfen!«, fahre ich fort. »Um nichts in der Welt hätte ich diese Erdkunde-Stunde verpassen wollen. Ich hab sogar einen echt coolen Job abgelehnt, nur um hier sein zu können! Um hier vor euch stehen und mein Referat halten zu dürfen.«
Ein paar meiner Klassenkameraden werfen sich verwirrte Blicke zu. Irgendjemand kichert. Nisse. Na klar. Die meisten starren mich nur verblüfft an. Unsere Referate fangen üblicherweise nicht auf diese Art an.
»Jepp. Ein echt cooler Job, wie gesagt. Kennt ihr die Sendung The Voice Kids?«
Ich warte, bis ein paar nicken. Dann fahre ich fort.
»Ich hätte nämlich zwei kleine Gören babysitten sollen, die VOLL auf The Voice Kids abfahren.«
Ich pausiere für eventuelles Gelächter. Das wäre nicht nötig gewesen, weil exakt null Personen lachen. Meine Überlegung war gewesen, dass alle zuerst glauben sollten, mein cooler Job wäre bei The Voice Kids gewesen, dann aber sollten sie checken, dass der Job in Wirklichkeit nur Babysitten war.

Ich habe demnach ein regelrechtes Set-up und eine Punchline geliefert. Meine Klassenpersonen gucken mich unsicher an. Haben sie das überhaupt kapiert? Diese verpennten Idioten. Martina und Kevin kichern kurz, und jetzt sehe ich, dass Nisse vor Lachen bebt. Allerdings ist nicht ganz klar, ob er über den Gag lacht oder weil die Stimmung so … eigenartig ist. Märta sieht erschrocken aus, mit offenem Mund und weit aufgerissenen Augen. Tyra lächelt, während sie ihr übertrieben langes braunes Haar zu einem Schwanz mitten oben auf dem Kopf hochzwirbelt. Aber es ist kein freundliches Lächeln. Sie sieht aus wie Omis Kater Toulouse, wenn er eine Maus gefangen hat und weiß, dass die Maus keine Chance hat, weil er sie umbringen wird. Aber vorerst wird er nur ein bisschen mit ihr spielen, weil er nichts Besseres vorhat. Und vielleicht, weil es ihm Spaß macht, sie leiden zu sehen.

Aber ich bin keine bedauernswerte Maus und habe auch nicht vor, zu leiden! Ich hole tief Luft und mache weiter: »Bleiben wir erst mal dabei. Beim Babysitten also!«
Plötzlich spüre ich, dass jemand mich an der Schulter berührt. Es ist Cecilia.
»Sasha … äh … wird das eigentliche Referat bald anfangen?«
»Selbstverständlich, ist doch klar«, sage ich, leicht gereizt durch die Unterbrechung. »Ich werde jetzt gleich darauf zu

sprechen kommen!« In meinem Kopf suche ich fieberhaft nach einer eleganten Überleitung vom Babysitten zum Aufbau der Erdkugel.
Ich warte, bis Cecilia sich wieder hingesetzt hat.
»Also ehrlich, Babysitten. Ist doch irgendwie krass? Ich kann doch überhaupt nichts! Ich kann nicht kochen, ich kann keine Windeln wechseln, ich kann nicht Auto fahren, falls etwas passieren sollte, ich darf ja selbst kaum auf dem Vordersitz sitzen! Meine einzige Qualifikation fürs Kinderhüten ist, dass ich selbst ein Kind gewesen bin. Ein Kind bin. Das ist, als würde man sagen: »Hey, du warst ja schon so oft krank! Also kannst du Arzt werden!«
Niemand lacht. Nicht einmal Nisse. Ich hab stundenlang an diesem Material gearbeitet, und niemand lacht! Alle starren mich nur an, als würden sie ihren Augen nicht trauen. Märta hält die Hand vor den Mund. Cecilia schaut mich von ihrem Platz auf dem Fensterbrett bekümmert an. Dies ist eindeutig ein Fall von Perlen vor die Säue werfen, wie Papa zu sagen pflegt, wenn ich seine Kochkünste nicht zu schätzen weiß.
»Öh … ja … also stellt euch mal vor, wie herrlich das jetzt schmecken würde – ein großes Glas mit eiskaltem Saft und dazu ein knuspriges Erdkrustenbrot!«
Da muss Nisse so heftig lachen, dass er echt vom Stuhl fällt. Cecilia erkundigt sich vorsichtig, ob ich das Referat nicht

lieber an einem anderen Tag fortsetzen will, wenn ich ein bisschen besser vorbereitet bin. Was für eine Kränkung! Wo ich mich noch nie in meinem ganzen Leben so sehr auf etwas vorbereitet habe! Wenn auch nicht unbedingt auf die Erdkugel! Den Rest des Referats lese ich mit monotoner Stimme vor. In dieser Scheißklasse weiß sowieso niemand einen echten Komiker zu würdigen. Exakt null Personen applaudieren, als ich wieder Platz nehme. Märta streichelt mir ganz lieb den Arm und versucht meinen Blick einzufangen, aber ich muss mich leider sehr stark darauf konzentrieren, meinen Referatszettel zu einem sehr kleinen Viereck zusammenzufalten.

AUF BESCHLAGENES GLAS GESCHRIEBEN

Wenn ich in der Dusche bin, vergesse ich immer wieder, wie kurz meine Haare sind. Jedes Mal nehme ich einen großen Klacks Shampoo, und dann entsteht wahnsinnig viel weißer Schaum auf meinem Kopf, und ich muss ewig lang spülen, bis er weg ist. An und für sich habe ich nichts dagegen. Ich stehe unheimlich gern unter dem warmen Wasser. Ätzend finde ich es nur, bevor ich in die Dusche gehe. Aber diesmal hat Papa mich gezwungen. Und es tut echt gut. Aber das gebe ich nicht zu.
Ich muss mir dringend Gags ausdenken. Bessere Gags. Unbedingt! Ich schreibe an das beschlagene Glas der Duschkabine:

Werde ich jemals funny bones haben?
Mama?

Dann nehme ich eine Handvoll Schaum vom Kopf und wische den Text damit aus. Wische, bis er völlig verschwindet.

IN TIROLERHUT UND BADEHOSE SOLLTE MAN LIEBER NICHT FLIEGEN

Als Ossi kommt, habe ich schon meine Jacke an. Ich öffne im gleichen Moment, als er auf die Türklingel drückt.
»Wow, schon gestiefelt und gespornt!«, sagt er überrascht.
Dem Tag zu Ehren trägt er ein rot-blau gestreiftes Shirt, einen blauen Hut mit einer rosa Blume und schwarze Jeans, die so tight sind, dass sie wie aufgemalt aussehen. Und die Lederjacke, natürlich. Ohne Lederjacke geht nichts.
»Yes!«, sage ich.
Er holt ein Paket hervor, das er hinterm Rücken gehalten hat. In Zeitungspapier eingewickelt. Typisch Ossi.
»Glückwunsch!«
»Mensch, Ossi! Du brauchst mir doch nichts zu schenken! Du hilfst mir doch, eine Comedy Queen zu werden.«
»Klar muss ich dir was zum Geburtstag schenken! Oder hast du etwa doch ein Hamsterrad gefunden, das dir gefallen hat?«
Ich lache und nehme das Paket, das hart und rechteckig ist und hoffentlich kein Buch enthält, selbst wenn alles danach aussieht.

»Nein, nicht direkt.«
Er sieht mich erwartungsvoll an, während ich das Papier abreiße. Ein Buch. Natürlich. *Nordische Wesen.* Auf dem Umschlag steht ein kleiner Kobold oder so was, mit einem Beil. Ich liebe diese Art von Büchern. Nein, ich *habe* sie geliebt. Unglücklich sehe ich Ossi an. Sein Gesichtsausdruck wechselt von zufrieden zu verwirrt.
»Was denn? Gefällt es dir nicht? Hast du es schon?«
»Also, damit hat es nichts zu tun. Aber ich hab aufgehört, Bücher zu lesen.«
»Das hat mir dein Vater erzählt, aber ich dachte natürlich, er macht einen Witz. Du hast doch immer LEIDENSCHAFTLICH gern Bücher gelesen?«
»Ja, ich weiß. Aber damit hab ich jetzt aufgehört.«
Ossi breitet die Arme aus, macht ein fast verzweifeltes Gesicht.
»Warum?!«
»Man kann sich doch ändern?«, schlage ich vor.
»Herrje, unglaublich, wie du dich immerzu änderst. Könntest du jetzt bitte damit aufhören?«
»Du bist doch auch nicht immer gleich geblieben?«
»Doch, eigentlich schon.«
»Wie jetzt? Immer gleich geblieben seit ... wie alt bist du?«
»Du lieber Himmel ... das weiß ich selbst kaum. Neunundzwanzig? Ja, doch, tatsächlich. Neunundzwanzig.«

Neunundzwanzig. Neunundzwanzig ist die Atomnummer für das Grundelement Kupfer. Ich suche in meinem Gedächtnis.

Kupfer ist ein gefragtes rötliches, halbedles metallisches Grundelement. Kupfer hat einen klaren Glanz, lässt sich schmieden und dehnen, ist ein guter Wärmeleiter und der zweitbeste Leiter für Elektrizität nach Silber. In feuchter Luft, vor allem in der Anwesenheit von Luftverschmutzungen, wird eine Oxydschicht gebildet, die sich in grüne Patina verwandelt, den sogenannten Grünspan.

»Bist du seit neunundzwanzig Jahren gleichgeblieben? Ehrlich?«

»Früher hatte ich eine andere Frisur. Wahrscheinlich die größte Veränderung. Ansonsten finde ich, dass sich vor allem alle anderen um mich herum verändern. Die werden seriös und stinklangweilig, ganz ehrlich. Ich bleibe ungefähr immer gleich. Rastlos. Ziemlich happy. Mag es, wenn was los ist.«

Schnell schlüpfe ich noch in die Schuhe, dann gehen wir ins Treppenhaus, wo ich die Wohnungstür mit der Hüfte anremple, während ich den Schlüssel umdrehe. Ossi zieht eine Zigarette aus einer Schachtel und steckt sie sich in den Mundwinkel. Das macht er, um bereit zu sein, wenn er aus der Haustür kommt.

»Ossi«, sage ich ernst und nehme ihm die Fluppe aus dem

Mund. »Du willst doch nicht bei Kupfer stehen bleiben? Bei Nummer Neunundzwanzig? Du willst doch wenigstens Silber werden oder noch lieber Gold oder warum nicht Oganesson? Das hat die Nummer Hundertachtzehn.«
Er sieht mich an und schüttelt den Kopf.
»Sasha. Die Hälfte der Zeit kapier ich nicht, wovon du redest.«
Aber er nimmt mir die Fluppe aus der Hand und steckt sie brav wieder in die Schachtel zurück.

Das Kellerlokal ist dunkel und hat keine Fenster. Am einen Ende befindet sich eine Bühne, nicht besonders groß, vielleicht ein bisschen größer als mein Zimmer. Vor der Bühne sieben oder acht Stuhlreihen. Am hinteren Ende eine Bar, und dort steht Henrik, in Blazer und Jeans. Ich erkenne ihn gleich, weil er immerhin einigermaßen bekannt ist und ich eine Menge Youtube-Clips mit ihm gesehen habe. Ich finde ihn nicht unbedingt superkomisch, aber das liegt wohl daran, dass er vor allem Erwachsenenwitze macht. Jetzt gerade trinkt er Wasser und liest etwas auf einem zerknitterten Stück Papier und scheint nicht zu merken, dass wir die Treppe runterkommen, obwohl Ossi nicht direkt dafür bekannt ist, sich leise anzuschleichen. Laut redend stapft er

die Treppenstufen hinunter und klatscht mit der Hand aufs Geländer.
»Hallo«, sagt Ossi und haut Henrik auf die Schulter. Henrik zuckt zusammen, hebt den Kopf und sieht zuerst Ossi an und dann mich, als würde er nicht richtig begreifen, was wir hier verloren haben. Dann lächelt er. Ein breites Lächeln mit vielen weißen Zähnen.
»Hallo, hallo! Wie seid ihr hereingekommen? Die haben doch hoffentlich noch nicht geöffnet?«, sagt er und sieht fast ein bisschen erschrocken aus.
»Nein, irgendjemand vom Personal hat uns reingelassen.«
»Oh. Ein Glück, dass es nicht *die* waren!«
»Wer denn?«, frage ich und male mir aus, dass eine Bande gewaltbereiter Fußballhooligans hinter ihm her ist.
»Das Publikum«, sagt Henrik.
Wir setzen uns an einen Tisch, der zwar sauber aussieht, aber total klebrig ist, wenn man ihn berührt. Henrik fragt, was wir trinken wollen. Ossi möchte Mineralwasser und ich wähle eine Cola. Henrik gleitet hinter die Bartheke und holt beides aus einem Kühlschrank, ohne zu bezahlen.
»Hier riecht es komisch«, flüstere ich Ossi zu. »Was ist das?« Er reckt den Hals und schnuppert.
»Hm, ja ... Schimmel, Schweiß und abgestandenes Bier, würde ich sagen.«
»Echt gemütlich ...«

»Du willst also Stand-upperin werden?«, sagt Henrik und knallt die Cola auf den Tisch. Dann setzt er sich und sieht mich forschend an.

»Ja, hab ich mir so gedacht«, sage ich und merke, wie sehr mein Herz klopft. Das hier ist superwichtig für mich! Ich brauche alle Hilfe, die ich kriegen kann. Vor allem nach dem totalen Fiasko im Erdkunde-Unterricht. Eine kleine Hitzewelle aus Scham steigt in mir auf. *Stellt euch mal vor, wie herrlich das jetzt schmecken würde – ein großes Glas mit eiskaltem Saft und dazu ein knuspriges Erdkrustenbrot!* Herrgott, was hab ich mir eigentlich dabei gedacht? Was mach ich nur, wenn Henrik sagt, das hat keinen Sinn? Wenn er sagt, so was kann man nicht lernen? Aber das sagt er nicht. Stattdessen:

»Cool. Ich glaube, ich hab noch nie jemand getroffen, der so jung ist und Stand-upper werden will. Also ... was möchtest du alles wissen?«

Ich hole das Flamingo-Buch aus der Jackentasche, in das ich meine Fragen geschrieben habe.

»Äh ... hm ... ob Sie mir vielleicht ein paar Tipps geben können. Wie das geht, wenn man mit Stand-up anfangen will. Irgendwie ein paar Regeln?«

»Es gibt nur eine Regel: Am schwierigsten ist das erste Mal. Schlimmer als das erste Mal wird's nicht. Aber das erste Mal ist absolut entsetzlich. Es fühlt sich an, als würde man sterben.«

Ich schreibe ins Buch: *Fühlt sich an als würde man sterben.*
»Das erste Mal hab ich schon hinter mir«, sage ich. »In der Schule. In Erdkunde.«
»Echt? Aber das ist ja fantastisch! Wie ist es denn gelaufen?«
»Also. Total beschissen. Darum kann ich das wirklich bestätigen.«
Er lacht. Dann fährt er fort:
»Verstehe. Aber! Das Gegenteil von Angst ist Erfahrung. Das ist das einzige Heilmittel. Nichts wie wieder rauf auf die Bühne und loslegen. Nicht nur ein Mal, sondern zehn Mal. Von diesen zehn Mal läuft es vielleicht zwei Mal EINIGERMASSEN. Die restlichen sind immer noch ziemlich grässlich.«
Bestimmt hat er recht. Aber es gibt Sachen, die sind noch grässlicher. Und das hier dauert ja nur ein paar Minuten. Das werd ich schon schaffen. Weil ich es muss.
Der ganze Tisch zittert von Ossis hüpfendem Bein, aber er merkt es nicht, sondern schaut sich nur neugierig um. Scheint uns nicht zuzuhören. Trinkt laut schlürfend sein Wasser.
»Vielleicht ist das eine dumme Frage, aber … wie erfindet man eigentlich einen Gag?«, frage ich.
»Dass du dieses Notizbuch hast, ist schon mal perfekt.«
Er deutet mit einem Kopfnicken auf mein Flamingobuch.
»Hab es IMMER dabei. Wenn du irgendwo bist und etwas

sagst, über das die Leute lachen, musst du es gleich aufschreiben. Und auch, wenn was Verrücktes oder Komisches passiert. Dann baust du daraus einen Gag. Hauptsache, du traust dich, ENORM selbstkritisch zu sein. Wahnsinnig selbstkritisch. Was ist typisch für dich? Bist du groß, klein, dick? Hast du krauses Haar, eine Brille? Schwitzt du unglaublich viel, hast du immer große nasse Flecken unter den Armen? Bist du farbenblind? Hinkst du? Alles, was an dir nicht perfekt ist. Alles Schlimme, was in deinem Leben passiert ist. Rede darüber. Die Leute wollen nichts über Erfolgsmenschen hören. Die Leute wollen hören, wie alles zum Teufel geht. Schreib eine Liste über alles, was an dir und deinem Leben schlecht ist!«

Ich notiere. *Alles, was an mir und meinem Leben schlecht ist.* Henrik dreht sich zu Ossi um, starrt ihn an. Ossi schaut verwirrt zurück.

»Du zum Beispiel. Du müsstest natürlich über deine Elvisfrisur und deine Klamotten Witze machen. Weil alle sowieso nur daran denken, wenn du irgendwo auftauchst. Du könntest auf die Bühne kommen und sagen ...«

Henrik überlegt kurz, kneift die Augen zu. Dann plötzlich erhellt sich sein Gesicht.

»Klaro, so ungefähr: Du breitest die Arme aus und sagst: »Ich weiß, was ihr denkt. Als hätte Elvis ein Kind mit Ronald McDonald.«

»Ey, Mann! Ronald McDonald!« Ossi klingt beleidigt, doch dann lacht er laut. Ich lache auch.
»Sorry, aber sag selbst!« Henrik deutet mit ausgestrecktem Arm auf Ossi. »Ringelpulli! Hosenträger! Ein Blümchen am Hut!«
»Ja, ja, schon gut.« Ossi senkt den Kopf und guckt seine Brust an.
»Du siehst super aus!«, sage ich und streichle Ossis Hand.
»Danke, Sasha! Du jedenfalls bist lieb!«
»Gern geschehen. Deine Mami bezahlt mich zwar, um das zu sagen, aber ich finde es trotzdem.«
Ich zwinkere Ossi mit einem Auge zu. Er tut so, als wäre er sauer. Aber eigentlich lächelt er. Er kennt das. Genau diesen Satz sagen Papa und er andauernd zueinander. Ungefähr jedes Mal, wenn einer von ihnen dem anderen ein Kompliment macht. Das ist auch deshalb komisch, weil beide Omi als Mama haben. (Also meine Omi. Nicht ihre. Das wäre ja total irre gewesen.)
Aber Henrik scheint den Witz bisher noch nicht gehört zu haben. Er sieht überrascht aus. Dann grinst er.
»VOLLTREFFER! Sasha – ist das dein Name? Du bist schnell! Schnelligkeit ist unheimlich wichtig.«
Mein Gesicht wird ganz heiß, aber hier ist es so dunkel, da merkt niemand, dass ich rot werde.
»Die Sache ist die – wenn du auf die Bühne trittst, musst du

das Publikum sofort entwaffnen. Und das kannst du mit so einem Ding machen: Ich weiß, was ihr denkt! Als hätte Elvis ein Kind mit Ronald McDonald! Oder, okay, das kannst du natürlich nicht sagen, aber du checkst, was ich meine.«
»Aber wie meinst du das?«, frage ich. »Entwaffnen? Was bedeutet das?«
»Na ja, wenn du die Bühne betrittst, ist das Publikum erst mal beunruhigt. Es ist deinetwegen beunruhigt. Aber wenn du sofort so etwas über dich selbst sagst, das beruhigt die Leute. Dann wissen sie, dass du die Sache im Griff hast. Man kann es mit einem Flugkapitän vergleichen. Der könnte beim Fliegen ja genauso gut Tirolerhut und Badehose anhaben, nicht wahr? Die Uniform hat sozusagen keine Bedeutung. Aber trotzdem trägt er Uniform! Warum? Das kann ich dir sagen – weil er damit signalisiert: Ich habe alles im Griff. Wenn die Passagiere unruhig werden, kann Chaos entstehen, und das darf in einem Flugzeug nicht sein. Dasselbe hier. Du musst rauf die Bühne und zeigen, dass du die Uniform anhast.«
Ich nicke. Schreibe so schnell, dass es fast unlesbar wird. Es sieht aus, als hätte ich geschrieben: *Unicorn* anhaben. Hoffentlich checke ich das später und glaube nicht, ich müsste ein Einhorn aufsetzen.
»Zum Beispiel solltest du erwähnen, dass du ein Kind bist. Das macht dich ja zu etwas Besonderem. Wäre absolut

falsch, nichts darüber zu sagen. Und dass du eine Frisur hast wie … eine skalpierte Barbie.«

Er hält inne. Ich fahre mir mit der Hand über meine gestutzten Haare, erinnere mich plötzlich daran.

»Bist du jetzt traurig?«

»Nein«, sage ich, und das ist beinah wahr. »Darf ich diesen Witz klauen?«

»Na klar, kein Problem. Aber sonst darf man die Witze anderer Komiker nicht klauen. Darauf steht mehr oder weniger die Todesstrafe.«

Todesstrafe

»Was ist sonst noch einmalig an dir? Was kannst du verwenden? Schlimme Sachen, die du erlebt hast?«

Er beugt sich vor und starrt mich an. Ich überlege. Was kann ich sagen? Kann ich das mit Mama erzählen?«

»Nimm einfach das Erste, was dir einfällt«, sagt er.

»Meine Mutter ist tot.«

Er fährt zurück.

»Au, shit. Entschuldigung.«

»Warum? Hast du sie etwa umgebracht?«, versetze ich fast zu hart. Er lacht kurz und deutet mit dem Finger auf mich, als würde er eine Pistole auf mich richten.

»Voll gut. Hm. Aber vielleicht kannst du daraus was machen? Darüber, wie die Leute ihr Bedauern ausdrücken? Wie sie sich benehmen, wenn jemandem die Mutter gestorben ist? All die bescheuerten Sachen, die sie dann von sich geben?«

»Ja. Da gibt's schon so einiges.«

»Aha! Ist ja saugut! Was sagen die Leute denn so?«

»*Wow, du bist ja so stark!* Und ich: Bleibt mir was anderes übrig, oder? Oder: *Ich könnte es nie verkraften, dass meine Mutter stirbt! Die bedeutet mir einfach ALLES!* Und ich dann: »Ach ja? Du würdest es also nie verkraften, weil deine Mutter dir alles bedeutet. Aber dass ich es verkrafte oder es jedenfalls zu verkraften scheine – was sagt das dann über mich? Dass es mir nicht so wichtig ist, oder was? Ich MUSS damit fertig werden, denn was soll ich sonst tun? Etwa auch sterben?«

»Das sind doch echt die letzten Idioten«, sagt Ossi und schiebt sich den Hut aus der Stirn. Er klingt wütend.

»War sie krank ... oder wie ist sie denn gestorben? Wenn ich fragen darf?«, erkundigt sich Henrik.

Unsicher schaue ich Ossi an. Er zuckt mit den Schultern.

»Sie ... sie hat sich das Leben genommen.«

»Um Gottes willen! Oje, um Gottes Himmels willen! Tut mir so leid! Wie schrecklich traurig! Ich weiß nicht, was ich sagen soll.«

»Nein, das wissen die meisten nicht.«

Wir sitzen eine Zeit lang schweigend da. Henrik starrt mich wie benommen an.

»Kann ich darüber Witze machen?«, frage ich vorsichtig.
»Nein. Nein. Nein, bloß nicht. Daraus kannst du nichts machen. Das wird zu traurig. Vielleicht, möglicherweise, ganz eventuell ginge das, wenn du erwachsen wärst. Aber nicht einmal das glaube ich. Und jetzt absolut nicht!«
Ein junges Mädchen kommt die Treppe herunter, in Joggingtights und Sweatshirt.
»Hallo, hallo!«
»Hi!«, sagt Henrik.
»Ich muss hier unten nur ein bisschen was vorbereiten«, sagt sie. »Die Mikros testen. Lasst euch nicht stören.«
»Fängt es bald an? Müssen Sie jetzt aufhören?«, frage ich.
»Ja, das muss ich wohl«, sagt Henrik und steht auf. Er wirkt immer noch ein bisschen zittrig. Aber wer ist das schon nicht?
»Darf ich nur noch eine Frage stellen?«, sage ich.
»Klar.«
»Also, diese Sache mit den funny bones? Sie wissen sicher, was das ist? Ist das etwas Angeborenes oder kann man sich das irgendwie zulegen, was meinen Sie?«
Vor Angst, was er sagen wird, trau ich mich nicht, ihn anzusehen. Pule ein Stück vom Etikett der Colaflasche ab.
»Das kann man sich zulegen. Davon bin ich überzeugt. Manchen fällt es leichter als anderen. Es ist, als würde ihr Körper alle Möglichkeiten ausprobieren, um das, was sie

geschrieben haben, komisch rüberzubringen. Die machen das irgendwie automatisch. Man muss sensibel sein, glaube ich. Darauf achten, was funktioniert. Ein großer Teil des Humors ist Körpersprache … und Stimme. Nicht nur das, was du sagst. Kannst du dich irgendwie komisch bewegen oder besonders schief und krumm dastehen? Oder auf witzige Art ein Lied singen? Kannst du mit Piepsstimme sprechen? Egal, was hinhaut. Mach's! Mach noch mehr davon. Whatever works!«

***

Als ich aus der Toilette komme, höre ich Ossi und Henrik gedämpft reden. Ich verziehe mich schnell wieder zurück.
»Ich hab natürlich gedacht, sie würde was im Stil von »ein Mal wurde ich nicht zur Geburtstagparty eingeladen« sagen. Mann, tut mir das leid, echt. Hoffentlich … ich meine … hoffentlich ist sie okay.«
»Das konntest du ja nicht wissen«, sagt Ossi.
»Aber trotzdem, ich fühle mich wie der letzte Idiot.«
»Das tu ich mehr oder weniger die ganze Zeit.«
Ich schlage die Klotür zu, damit sie wirklich hören, dass ich komme.
»Hallo, Sasha«, sagt Ossi und legt mir den Arm um die Schultern. »Alles gut geklappt?«

»Ob das Pieseln gut geklappt hat? Danke, ich denke schon. Ziemlich gut, würde ich doch sagen.«
Henrik räuspert sich und fährt sich mit der Hand durch sein grauschwarzes Haar.
»Hm, also, mir ist da etwas eingefallen. Weißt du, in zwei Wochen oder so soll ich hier in einem Klub auftreten. Der trifft sich jeden Dienstag und nennt sich Komikaze Comedy. Ich kriege eine Viertelstunde, in dieser Branche kommt es auf die Minuten an, das heißt, ich kriege also genau fünfzehn Minuten. Aber du kannst drei Minuten von mir haben. Wenn du willst? Dann darfst du's mal ausprobieren. Ich ... ich glaube nämlich an dich.«
Ich starre ihn bloß an. Habe ich richtig gehört?
»Ist das wahr?«
»Ja!«, sagt er mit einem breiten Lächeln.
Vielleicht hat er sich das ausgedacht, weil ich ihm leidtue. Aber das ist mir total egal. Ich bin plötzlich so glücklich, dass es sich anfühlt, als würde mein Körper vom Boden abheben. Lauter Glücksbläschen, die mich wie winzig kleine Heliumballons nach oben ziehen!
»Ja! Ja! Das will ich unbedingt!«
Oh my god! Ich hab meinen ersten Gig!

ICH WERD DIR ZEIGEN, WEM ES HIER DEN SENDER RAUSHAUT

Nachdem ich jetzt einen echten Gig bekommen hab, mit echtem Publikum anstelle meiner humorbefreiten Klassenpersonen, MUSS ich üben! Ich hab ein paar neue Witze geschrieben, die ich ausprobieren will. Aber weil ich im Klassenzimmer gebombt hab – ja, so heißt das –, bin ich nicht gerade megascharf darauf, es ausgerechnet dort wieder zu versuchen, das muss ich zugeben. Ich gehe meine Alternativen durch:

1. Omi.
Hm. Ein glasklares JEIN auf diesen Vorschlag. Omi und ich, wir haben nicht unbedingt den gleichen Humor. Sie lacht gern über Geschichten, in denen alte Knacker auf Bananenschalen ausrutschen, Schnaps trinken und von ihren Frauen mit dem Kochlöffel verhauen werden, weil sie so faul sind. Und die müssen alle unbedingt superknödeligen Dialekt sprechen, sonst lacht Omi einfach nicht.

2. Ossi.
Ossi lacht zu viel. Wenn ich es vor ihm ausprobiere, lacht er über alles. Und damit meine ich wirklich alles. Wie soll man da wissen, was eigentlich komisch ist? Als ich neulich ein paar Witze vor ihm abgezogen hab, fiel mir plötzlich ein: Shit, ich muss ja noch meine Englischhausaufgabe machen, und das hab ich dann auch gesagt. Da musste Ossi schallend lachen, obwohl es gar nicht zu meinem Gag gehörte.

3. Märta.
Märta wäre natürlich gut, aber an ihr hab ich schon so viele Witze ausprobiert, dass ich befürchte, ihr auf den Wecker zu gehen. Letztes Mal hat ihr Lachen nicht GANZ echt geklungen.
Außerdem ist sie zurzeit viel zu Hause, um auf ihrem geliebten Banjo zu üben, weil sie vorhat, einen Youtube-Kanal für ausschließlich Banjo-Stücke zu starten. Der Kanal soll Banjo Baby heißen! Immerhin schon mal ein ganz guter Name.

Ich bräuchte jemand, der wirklich zuhört. Ohne zu bewerten, sozusagen.
Da fällt es mir plötzlich ein! Cookie Dough und ihre Kumpels! Die können mein Publikum werden.

***

Der Himmel ist grau und bedeckt, als ich auf den Fußweg einbiege, der sich durch den Aspudden-Park windet. Man sollte es nicht glauben, dass schon April ist. Mir fällt das Monatslied ein, wo es heißt: *Mit Januar beginnt das Jahr, darauf folgt der Februar.* Ja, dagegen gibt es ja nichts einzuwenden, aber die Fortsetzung: *März, April tragen Knospen im Haar!* Hier sind wirklich weit und breit keine Knospen in irgendwelchen Haaren zu sehen ... Und auch nicht an den Bäumen oder Büschen. Aber das ist nur gut. Dann kommen schon weniger Leute in den Park, und ich kann ungestört auftreten.

Ein Vater sitzt mit zwei kleinen Kindern in roten Overalls an einem Holztisch vor dem Park-Café. Sie trinken Saft und essen Kekse. Neben ihnen steht ein riesiger Rottweiler, der die Kinder aufmerksam beobachtet und sich auf jeden Kekskrümel stürzt, der auf den Boden fällt. Ich überlege, wie ich selbst einen Hund erziehen würde. Ob ich wohl streng wäre und ihm verbieten würde, Kekskrümel zu fressen? Oder wäre ich ein großzügigeres Frauchen? Aber damit würde ich riskieren, dass er sich das Betteln angewöhnt, und das wäre nicht so gut. Andererseits hat man ein mieses Gefühl, wenn man selbst futtert und der Wauwau kriegt nichts. Vor allem, wenn es ein kleiner Welpe ist, der noch nichts versteht und einen mit traurigen kleinen Welpenaugen anguckt, den Kopf schieflegt und so herzerweichend winselt, wie nur kleine Welpen es können.

Plötzlich zuckt die Einsicht mir durch den Kopf. Was MA-CHE ich da eigentlich? Ich werde doch gar keinen Hund haben! *Punkt 2. Versuch gar nicht erst, dich um etwas Lebendiges zu kümmern.*

Der Wind nimmt zu. Inzwischen ist er so eisig, dass es sich wie Nadelstiche im Gesicht anfühlt.

Zuerst kann ich Cookie Dough und ihre Freunde nirgends entdecken. Als ich näher komme, sehe ich, dass sie sich in ihrem Holzhäuschen versteckt haben, was bei diesem Wetter nur zu verständlich ist. Aber ich selbst bin warm angezogen. Hab meine zitronengelbe Daunenjacke an, eine Strickmütze und Wollhandschuhe. Jetzt klettere ich die hölzerne Leiter hoch, die über den Gehegezaun führt, und auf der anderen Seite wieder runter. Bemühe mich, behutsam aufzutreten.

Ich locke die Kaninchen an. Sie hocken dicht nebeneinander. Hasel presst Cookie ihr Hinterteil ans Gesicht, doch das scheint Cookie nicht zu stören. Vielleicht ist so ein kleiner Schwanzstummel schön mollig warm, wenn man selbst ein kaltes Schnäuzchen hat?

»Hallo, meine kleine Cookie! Hallo, Hasel! Hallo, Pinie! Hallo, Cashew!«, begrüße ich sie munter.

Man darf den Kaninchen eigentlich nichts zum Fressen mitbringen, das weiß ich, aber dies ist eine ABSOLUTE Notlage. Darum habe ich einen Topf Petersilie mitgebracht. Ich breche vier Zweige ab, die ich auf den kahlen Boden vor dem Häuschen lege. Cookie Dough dreht sich zu mir um und schnuppert in die Luft. Dann macht sie zwei vorsichtige Hopser auf die Petersilienzweige zu. Die anderen bleiben, wo sie sind, an die Wand des Häuschens gedrückt, und wittern nur mit ihren kleinen Nasen.

»Das ist Petersilie! Schmeckt lecker! Gesund ist es auch. Enthält viel Eisen. Ihr wollt doch stark werden? Starke Herzen kriegen? Ihr wollt doch nicht vor Angst sterben? Na los, kommt schon her!« Meine Stimme klingt ungeduldig, das höre ich, und es klappt auch nicht. Cookie Dough hüpft zu den anderen zurück. Mit Kaninchen muss man endlos Geduld haben. Also beschließe ich, dass sie in ihrem Häuschen hocken bleiben dürfen, aber dann sollten sie anstandshalber *mich* angucken, anstatt sich gegenseitig ans Hinterteil zu glotzen, thank you very much.

Nach einigem Tricksen und Locken und Herumschubsen von dicken Kaninchenpopos sitzen sie endlich alle in einer Reihe, mir zugewandt, und knurpsen an je einem grünen Zweig. Die Petersilie verschwindet schnell in den gefräßigen kleinen Mäulern. Jetzt nur keine Zeit verlieren! Ich ziehe meine Handschuhe aus und hole den Zettel hervor, den ich in der Jackentasche gehabt habe.

»Freunde, Kameraden, und vor allem: Kaninchen! Ich weiß, was ihr denkt ... Äh ... Ich hab eine Frisur wie eine skalpierte Barbie.«
Diese Einleitung fiel offenbar flach. Eigentlich ist mir auch klar, dass ich sie total falsch geliefert hab. Außerdem hab ich ja eine Mütze auf, also kann man meine Haare gar nicht sehen. Die Kaninchen gucken mich nicht mal an, sondern nur geradeaus, während sie stur an ihren Petersilienstängeln knabbern.
Ich trete ein paarmal auf der Stelle und schaue auf meinen Zettel. Nehme einen neuen Anlauf.
»Habt ihr schon gewusst, dass ich hier in der Nähe wohne, gleich um die Ecke. Bei meinem Papa in der Wohnung. Und ich steh auf Musik. Höre gern laute Musik. Aber da gibt's ein Problem. Ich hab einen unheimlich sauren Nachbarn. Und jedes Mal, wenn ich Musik höre, klopft er an die Wand, so ungefähr!«
Ich demonstriere in der Luft, wie jemand sehr fest an die Wand klopft. Cookie Dough guckt zu mir hoch. Hasel streckt den Kopf aus, um einen neuen Stängel im Petersilientopf zu schnappen.
»Und da werd ich echt wütend, ich mag nämlich laute Musik! Darum versuche ich jedes Mal, ihn ordentlich durcheinanderzubringen. Als er gestern an die Wand geklopft hat, schrie ich:»Gehen Sie außen rum! Ich kann meine Wand

nicht aufmachen. Ich weiß nicht, ob auf Ihrer Seite ein Türgriff ist, aber hier auf meiner Seite gibt es gar nichts, da ist alles nur platt!«

Dann warte ich auf eine Reaktion. Aber nichts. Cashew hat sich sogar wieder abgewandt. Sie guckt zu den Ziegen rüber, die auf der Weide gegenüber meckern. Ich räuspere mich. Starre Cookie Dough an.

»Gestern hat mein Papa mir ein Foto gezeigt. Er sagte: Das hier ist ein Bild von mir, als ich jünger war. Und ich hab ihn bloß angeguckt. Was meinte er damit? Jedes Foto, das jemals von ihm gemacht worden ist, zeigt ihn, als er jünger war. Auch wenn ich jetzt eins von ihm machen würde, wäre er darauf jünger. Okay, er wäre nur eine Sekunde jünger, aber trotzdem.«

Die Kaninchen knabbern an den letzten Stängeln Petersilie aus dem Topf. Ich beschließe, es ein letztes Mal zu versuchen. Schnell ziehe ich den Reißverschluss an meiner Jacke auf und deute auf meinen Pullover.

»Schaut her, ich hab einen Rolli an. Eigentlich kann ich Rollis nicht leiden. Wenn man einen Rolli anhat, ist es, als würde man von einer TOTAL schwachen Person erwürgt. Den ganzen Tag lang.«

Das scheint die Kaninchen kein bisschen zu kümmern. Sie schnuppern am Boden herum. Der Topf ist inzwischen leer. Ich bin genervt.

»Hey, ich hab das Gefühl, euer Interesse an mir hängt SEHR stark davon ab, wie viel Petersilie ich auftreiben kann!«
Genau in dieser Sekunde hebe ich den Kopf und sehe, dass Tyra und Martina am Zaun stehen geblieben sind. Sie starren mich an. Tyra hat gerade eine rosa Kaugummiblase produziert, die jetzt langsam als teigiger Matsch auf ihren Lippen zusammensinkt.
»Also ehrlich«, sagt Martina.
»Was MACHST du da?«, fragt Tyra, als sie sich endlich von dem Schock erholt hat und wieder weiterkauen kann.
»Ich unterhalte mich mit den Kaninchen. Und was machst du?«
»Du unterhältst dich mit … den Kaninchen?«
Tyra sieht Martina an, als würde sie ihren Ohren nicht trauen, dann fangen beide an zu lachen. Laut und höhnisch.
»Klar, es ist jedenfalls sinnvoller, mit Kaninchen zu reden als mit gewissen Personen.«
Ich starre Tyra an, damit sie sich getroffen fühlt.
»Ey, Sasha. Bist du jetzt echt durchgeknallt, oder was?«, sagt Tyra.
»Was soll das heißen, he?«
»Als ob man nicht wüsste, dass du ganz schön Probleme hast«, sagt Tyra.
»Hängst ja in der KJP herum und so«, ergänzt Martina.
»Aber dass du SO gestört bist? Das hast du natürlich geerbt.

Pass lieber auf, dass es dir nicht genauso den Sender raushaut wie deiner Mutter!«

Da explodiert in mir eine Wut, so wild, dass ich ohne zu überlegen aufbrülle und mich auf den Zaun stürze. Martina und Tyra starren mich eine Sekunde lang an, dann wenden sie jäh um und rennen davon. Ihre Schreie schrillen durch den Park. Keine Ahnung, woher ich die Kraft nehme, aber jetzt packe ich die Leiter mit beiden Händen und springe mit einem einzigen Satz über den Zaun, einfach so. Gleich beim ersten Versuch. Es ist, als hätte ich Stahlfedern in den Beinen. Ich rase hinter ihnen her. Was ich tun werde, wenn ich sie erwische, weiß ich nicht, nur, DASS ich sie erwischen werde.

Martina spurtet den Hang zum Blommensbergsväg hinauf, aber Tyra bleibt zurück. Sie sieht sich um, die Augen voller Panik. Ist mir egal. In meinem Kopf höre ich nichts als ihre Worte.

Das hast du natürlich geerbt. Pass lieber auf, dass es dir nicht genauso den Sender raushaut wie deiner Mutter.

Ich komme näher. Jetzt trennen uns nur noch ein paar Meter. Ich lege mich noch stärker ins Zeug. Meine Füße knallen auf den Asphalt. Ich höre meinen eigenen Atem laut im Kopf. Tyra hat aufgehört zu schreien. Sie rennt nur noch. Schließlich erwische ich sie an ihrer dunkelblauen Jacke und zerre mit aller Kraft daran.

»LASS MICH LOS!«, schreit sie. »Martina! HILFE!«
Aber Martina bleibt nicht stehen, sondern rennt nur weiter, auf den Parkausgang zu. Tyra versucht, sich zu befreien, aber es gelingt mir, sie mit beiden Händen an der Jacke zu packen und an einen Baum zu pressen, mein Gesicht nur ein paar Zentimeter von ihrem entfernt. Wir atmen beide heftig. Ihr Atem riecht nach Erdbeerkaugummi, die sorgfältig geschminkten Augen sind vor Entsetzen geweitet. Ich fauche sie zwischen den Zähnen an:
»Du. Sagst. NIE MEHR! So was zu mir. KAPIERT?! Sonst zeig ich dir, WEM es hier gleich den Sender raushaut!«
Ich presse sie noch einmal gegen den Baum, dann lasse ich los und trete einen halben Schritt zurück.
»Du bist ja total KRANK IM KOPF!«, schreit sie.
Ihre Stimme ist tränenerstickt, aber da scheiß ich drauf. Ich habe eine Grenze überschritten, aber da scheiß ich drauf. Und dafür werde ich büßen müssen, aber da scheiß ich drauf, da scheiß ich drauf, da scheiß ich drauf.

AUFHEBEN, WEGWERFEN, VERSCHENKEN

Als Mama gestorben war, blieb ich drei Tage von der Schule weg. Papa sagte, ich dürfe länger daheimbleiben, aber das wollte ich nicht. Papa tat nichts anderes als aufräumen. Zielstrebig wie ein Roboter. Er marschierte hin und her durch die Wohnung und riss aus jedem Schrank Sachen heraus, aus jedem Regal, jeder Garderobe und jeder Schublade. Es waren nicht nur Mamas Sachen, aber das meiste dann doch. Schminke, Kleider, Taschen, Hüte, Schuhe, Brillen, Haarspray, Shampoo, Bücher.

Im Wohnzimmer sortierte er alles in Haufen. Aufheben, wegwerfen, verschenken. Ich wollte ihre Schminksachen haben, also bekam ich die. Und ich rettete ihr Parfüm aus dem Wegwerf-Haufen. Es steht jetzt in meinem Zimmer, aber ich hab mich noch nicht getraut, daran zu riechen. Ich habe Angst, dass ich dann zu weinen anfange. Und wenn ich erst mal anfange zu weinen, werde ich vermutlich nie mehr aufhören können.

Am Abend bevor ich wieder in die Schule wollte, sagte Papa, er müsse zuerst mit Cecilia darüber reden, was vorgefallen

sei, damit sie es der Klasse mitteilen könne. Da bekam ich eine Panik.
Warum mussten die das wissen? Und was würde er sagen? Ich schrie, ich würde mich weigern, ihn das tun zu lassen. Ich würde es ihm verbieten. Da sagte er, er sei immerhin mein Vater und er wisse, was für mich am besten sei. Ich sagte, wenn er das tun würde, dann würde ich mir das Leben nehmen. Ganz unüberlegt. Die Worte kamen einfach aus mir heraus. Papa hielt mitten in einer Bewegung inne. Er drehte sich langsam zu mir um und äußerte verbissen:
»Sag so was nicht.«
Dann schrie er:
»Sag so was NIEMALS!«
Inmitten der Haufen stand er da. Inmitten von Aufbewahren, Wegwerfen und Verschenken, und ich dachte, am besten, ich lege mich in den Wegwerfhaufen. Am besten, er wirft mich weg, dann bleibt mir nämlich alles erspart. Aber nichts bleibt einem erspart, so läuft das nicht. Stattdessen brüllte ich einfach los, ein Schrei ohne Worte, der im Hals nur so brannte. Dann rannte ich in mein Zimmer und knallte die Tür hinter mir zu. Ich legte mir das Kissen übers Gesicht. Das Kissen, das ich früher mal genäht und mit meinem Namen bestickt hatte. Vor ganz entsetzlich langer Zeit. Kreuzstich, Stielstich, Kettstich. Märta hatte »Der besten Mama des Universums« auf ihr Kissen gestickt, aber

ich hatte das nicht getan. Ich hatte meinen eigenen Namen gestickt. Ich war so stolz auf mein Kissen gewesen, dass ich es nicht verschenken wollte. So was von superegoistisch! Jetzt presste ich das Kissen noch fester an mein Gesicht. Ich wollte nichts mehr auf der Welt sehen. Wollte nichts mehr hören oder fühlen. Nach einer Weile klopfte Papa an die Tür. Seine Stimme war ganz heiser vom Weinen. Er setzte sich auf mein Bett und versuchte mir das Kissen wegzunehmen, doch das durfte er nicht. Ich hielt es fest, als wäre es eine Sauerstoffmaske, obwohl es das Atmen eigentlich erschwerte. Papa strich mir vorsichtig übers Bein.

»Ach, Sasha, mein Schatz, das tut mir leid«, sagte er. »Das tut mir leid. Natürlich bin ich nicht auf dich wütend, sondern auf Mama.«

»Wie kannst du auf Mama wütend sein?«, fragte ich aus dem Kissen heraus. Meine Stimme klang erstickt. »Sie war doch krank! Du hast selbst gesagt, dass sie krank war. Und auf jemand, der krank ist, kann man doch nicht wütend sein?« Ich verbesserte mich selbst. Meine Stimme kam wie ein Flüstern heraus.

»Auf jemand ... der tot ist.«

»Nein, ach, ich weiß nicht ... liebste kleine Sasha ... Ich weiß nicht. Das kann man vielleicht nicht. Aber ich bin es trotzdem.«

***

Papa teilte es Cecilia mit. Sie erzählte es den anderen in der Klasse, als ich nicht da war. Ich wollte nicht dabei sein. Ich wollte die geschockten Gesichter der anderen nicht sehen, wenn Cecilia es ihnen sagte. Wollte die allzu neugierigen Fragen nicht hören: *Wann denn? Warum denn? Wie denn?* Wollte nicht sehen, wie sie dachten: *Ein Glück, dass mir das nicht passiert ist, ein Glück, dass ich eine Mama habe, die noch lebt.* Wollte nicht beobachten, wie sie alles in der nächsten Sekunde schon vergaßen, wollte ihr übliches »*Echt, Leber zum Lunch, würg, ist ja voll eklig!*« nicht hören.

Als ich in die Schule zurückkam, war die Stimmung irgendwie seltsam. In den Fluren herrschte eine eigenartige Stille. Gesichter, die sich nach mir umdrehten. Geflüster und neugierige Blicke.

Märta war die Einzige, die sich richtig verhielt. Wir waren damals zwar schon befreundet, aber nicht so eng, außerhalb der Schule trafen wir uns nie. Aber diesmal kam sie zu mir nach Hause. Klopfte an. Am ersten Tag machte ich nicht auf. Da steckte sie eine Tafel Schokolade in den Briefkasten und dazu einen Zettel. Darauf stand: »Harry Potter wurde von Schokolade gerettet, als die Dementoren ihm fast die ganze Lebenskraft geraubt hatten. Ich weiß nicht, ob das in echt funktioniert. Am besten, wir probieren es mal aus!«

Und dass sie schrieb: »WIR probieren es mal aus!«, das fand ich so gut. Wir. Denn dann war ich nicht mehr ganz so allein. Und als sie zum zweiten Mal kam, machte ich auf. Und beim dritten und vierten Mal auch. Und alle Male danach. Und sie brachte Schokolade mit. Ich glaube, wie haben uns durch das gesamte Schokoladensortiment vom Ica-Markt in Aspudden durchprobiert. Und die Schokolade half. Märta half. Für ein Weilchen konnte ich alles vergessen. Wir redeten nicht einmal besonders viel. Guckten vor allem Filme und Youtube. Aber sie saß da, neben mir. War sozusagen anwesend. Das blonde lockige Haar. Die Kappe mit der Aufschrift OBEY. Die schnelle, intensive Stimme, wenn sie gelegentlich etwas kommentierte. So wurde sie meine beste Freundin.

IDIOTISCHE BEMERKUNGEN,
DIE MANCHE LEUTE VON SICH GEBEN:

1. »Ich kann verstehen, wie du dich fühlst!« Nein, das kannst du nicht. Nie. Nie. Niemals, nicht in einer Million Jahren kannst du das verstehen.

2. »Du bist so stark! Ich würde das nie schaffen!« Stark, was soll das heißen? Was weißt du schon darüber? Und was bleibt mir denn anderes übrig?

3. »Sich das Leben nehmen – das ist ja VOLL superfeig!« Wie kann man etwas so Megafieses sagen. Wir sagen ja auch nicht, jemand ist feig, der an Lungenkrebs stirbt. Oder jemand ist feig, der an einem Herzinfarkt stirbt. Mama ist an ihrer Depression gestorben. So ist das. Ich bin unheimlich sauer auf sie, weil sie nicht mehr da ist. Sie fehlt mir so sehr, dass mir der Kopf fast platzt. Aber ich finde nicht, dass sie feige war.

4. »Wer sich das Leben nimmt, handelt egoistisch!« Das stimmt nicht. Mama fand die Welt schrecklich, und sie war der Meinung, sie selbst würde die Welt noch schlimmer machen. Sie würde unser Leben zerstören. Mama dachte, ohne sie würde es uns besser gehen. Mir und Papa. Es ist ganz entsetzlich, dass sie das dachte, aber das hat sie nun mal gedacht. Ich weiß es, weil sie es einmal zu mir gesagt hat. Ich versicherte, das sei nicht so. Das wiederholte ich immer wieder, aber es war, als würde sie mich nicht hören.

5. »Wie hat sie es denn gemacht?« Der HASS, der in mir aufsteigt, wenn die Leute das fragen. Diese Frage stellen sie nicht meinetwegen. Sie fragen es nur, um hinterher darüber reden zu können. Um sich auf die Wahrheit zu stürzen und darüber zu tratschen, wenn ich nicht dabei

bin. Tatsache ist, dass ich es nicht weiß! Und ich will es auch niemals wissen!

6. »Aber du wirkst ja so fröhlich!« Wie zum Teufel soll ich denn wirken? Kapieren die nicht, dass ich es nicht zeigen will? Ich will niemanden daran teilhaben lassen. Es ist meine Trauer. Es ist meine Mama. Bitte den Rückwärtsgang einlegen!

7. »Alles hat einen Sinn.« Nein, hat es nicht. Das ist einfach eine IDIOTISCHE Bemerkung. Dass Mama starb, ist vollkommen sinnlos, von Anfang bis Ende.

8. Nichts. Wenn sie gar nichts sagen.

VIEL SCHWEINISCHER ALS DIE SCHWEINE IM PARK

Tyras Mutter ruft Papa an, sie ist sehr, sehr empört. Ich höre jedes Wort, das sie in den Hörer schreit. Sie verstehe ja, dass wir es nicht ganz leicht hätten, aber es müsse GRENZEN geben! Nicht nur, dass ich Tyra halb zu Tode erschreckt hätte, außerdem hätte ich auch noch Tyras Jacke ruiniert, die viertausend Kronen gekostet hat. Offenbar ist eine Naht aufgeplatzt. Meine erste Reaktion ist: Wie kann man so strunzdumm sein und eine Jacke für viertausend Kronen kaufen? Und ruiniert ist wohl ein bisschen dick aufgetragen, wenn nur eine Naht aufgeplatzt ist?

»Was ist eigentlich passiert?«, fragt Papa, nachdem er sich mindestens sieben Mal bei Tyras Mutter entschuldigt und dann den Hörer aufgelegt hat.

Wir sitzen am Küchentisch, die Kartoffelsuppe ist nicht mehr ganz heiß, weil das Gespräch sich ziemlich in die Länge gezogen hat.

»Also, was kann ich sagen? Tyra war einfach hundsgemein. Sie hat fiese Sachen gesagt.«

Papa hat Teelichter angezündet, und ich stippe meinen

Zeigefinger mit der Spitze ins geschmolzene Wachs. Das brennt. Dann stecke ich den Mittelfinger tief rein. Verziehe das Gesicht vor Schmerz.
»Was für fiese Sachen? Hör auf mit dem Teelicht!«
Ich schweige. Ich will nicht erzählen, dass sie behauptet hat, Mama hätte es den Sender rausgehauen. Und dass ich aufpassen müsse, um nicht so zu werden wie Mama. Ich will Papa nicht traurig machen. Ich will ihn nicht beunruhigen.
»Kannst du es mir nicht erzählen?«
Er sieht mich über den Brillenrand an. Er hat sich nach der Arbeit umgezogen, trägt jetzt ein ausgewaschenes graues T-Shirt.
»Was hast du überhaupt dort gemacht?«, fährt er fort. »Im Kaninchengehege?«
Was soll ich sagen? Ich hab Stand-up geprobt? Also zucke ich nur mit den Schultern. Schäle mir das erkaltete Wachs von den Fingern. Es hat kleine weiße Hüte gebildet.
»Sasha ... ich begreife nicht, was du treibst. In letzter Zeit, meine ich ... Die Sache mit den Haaren. Dass du keine Bücher mehr liest. Dass du so wütend wirst. Du darfst nicht so wütend werden! Das geht einfach nicht.«
»Entschuldige, aber was haben meine HAARE damit zu tun?«
»Ich hab nur so das Gefühl ... also, ich hab einfach Angst, dass du ... dass du allmählich ausflippst.«

Ich verdrehe die Augen.
»Lass das! Du musst mit mir reden! Mir erzählen, was in deinem Leben passiert! Hörst du, was ich sage? Ich kann keine Viertausend für eine Jacke hinblättern! Das Geld hab ich nicht! Du wirst ... du wirst sie ganz einfach reparieren müssen.«
Ich starre ihn an.
»Lieber hau ich mir dieses Messer ins Bein!«
Ich packe das Messer, das neben mir liegt, aber da es ein Buttermesser aus Holz ist, macht das wohl keinen allzu dramatischen Eindruck.
Papa fährt sich mit der Hand durchs Haar, seufzt und beißt dann von seinem Brot ab. Wir sitzen eine Weile schweigend da, während ich die kalte Suppe voller Wut in mich reinlöffle.
»Ich verstehe, dass du es ... dass es schwer ist. Und ich nehme an, dass du ... mit Wut reagierst ... anstatt ...«
Er sucht nach dem richtigen Wort.
»... anstatt traurig zu werden.«
»Ja, wenn jemand echt megafies ist, reagiere ich mit Wut. Soll ich lieber losplärren – ist das etwa dein bester Tipp?«
»Nein, natürlich nicht. Aber ... was hat diese Tyra denn GESAGT?«
»Das spielt keine Rolle! Sie ist schweinischer als die Schweine im Park, so viel kann ich sagen. Und wenn ich ihre Jacke flicken muss, zieh ich hier aus!«

»Okay, okay, ich höre, was du sagst. Ich glaube dir. Du brauchst ihre Jacke nicht zu flicken. Wir können sie zu Gabriel beim Ica-Markt zur Reparatur bringen. Die können ja unmöglich verlangen, dass wir eine neue kaufen.«
Ich atme auf. Die Demütigung, Tyras Jacke flicken zu müssen, hätte ich nicht überlebt.
»Aber! Dafür will ich, dass wir wieder zur KJP gehen«, sagt Papa streng.
»Oh nein!«
»Oh doch! Und Linn treffen. Über alles reden. Über … die Wut.«
Ich muss schwer seufzen.
»Ja, ja. Dann gehen wir eben zu dieser Linn. Soviel ich weiß, nennt man so was Erpressung, aber von mir aus.«
»Noch ein Wort, dann kannst du die Jacke selbst flicken!«
»Oh, wie ich mich darauf freue, Linn zu treffen!«, sage ich fröhlich, und meine Stimme klingt fast ganz natürlich.

SAUER UND UNNORMAL

Als wir bei der KJP im Wartezimmer sitzen, sagt Papa, nachher, wenn wir zu Linn reinkämen, solle ich erzählen, wie es mir WIRKLICH geht. Und es wäre besser, wenn ich die Worte »fröhlich« und »normal« nicht ganz so oft verwenden würde. Ich weigere mich, ihn anzuschauen, aber in meinem Innern brodelt es wie glühendes Magma. Soll Papa etwa bestimmen dürfen, was ich sagen darf und was nicht? Heute hat Linn ein graues T-Shirt an mit einem Hai darauf. Der Hai sieht lebensgefährlich aus, sein offenes Maul ist voller nadelspitzer Zähne. Mitten im Maul steht: »Wish you were here.«

Wir nehmen in Linns Zimmer Platz. Ich wähle denselben Sessel wie letztes Mal. Papa und Linn tun das auch. Auf dem Tisch liegt eine Packung Taschentücher. Als würde Linn eiskalt damit rechnen, dass ich losheule.

»Wie fühlst du dich, Sasha?«, fragt Linn.

»Ich fühle mich sauer und unnormal«, sage ich mit einem Blick auf Papa.

Papa räuspert sich.

»Ich … ich habe Sasha nur gesagt, vielleicht wäre es besser, wirklich über das zu reden, was sie bedrückt, und … sie müsse niemandem beweisen, dass sie normal ist. Dass es nicht darum geht.«

In mir brodelt das Magma. Es droht zu explodieren und sich über das ganze Zimmer zu ergießen.

»Soll ich dir mal VERRATEN, warum Papa mich hergeschleppt hat!«, schreie ich an Linn gewandt.

Papa sieht total geschockt aus. Linn nicht. Sie ist so was wohl gewohnt. Garantiert schreien und brüllen hier jeden Tag Kinder herum.

»Aber Sasha!«, sagt Papa.

»Erzähl«, sagt Linn ruhig.

»Also, er findet, es ist ein RIESENproblem, dass ich manchmal ein bisschen wütend werde. Er findet, ich soll lieber weinen, bloß weil Mama sich das Leben genommen hat! Aber weißt du was, Papa! Jeder ist anders. Nicht jeder weint! Wenn ich ein Junge wäre, wäre es dann auch so ein Problem? Oooh nein! Dann wäre es TOTAL normal! Entschuldige, ich hab ein verbotenes Wort verwendet!«

Ich halte mir die Hände vor den Mund wie einen Maulkorb.

»Aber Sasha, geliebte Sasha! Ich habe doch nur Angst, dass deine Trauer … irgendwie festgefahren ist. Schließlich bin ich ja ein Junge und ich weine doch.«

»Aber du weinst ja wegen allem! Du weinst ja bei jeder Kindersendung, Papa. Du spielst in einer anderen Liga! Hast du jemals daran gedacht, dass du vielleicht derjenige bist, der nicht normal ist?«

Papa presst die Kiefer zusammen. Als wolle er etwas sagen, halte es aber zurück.

Eine Zeit lang sitzen wir schweigend da. Linn sieht nachdenklich aus. Dann räuspert sie sich.

»Hör mal, Abbe, vielleicht sollte ich mal alleine mit Sasha reden? Falls es für dich okay ist, kurz rauszugehen und dich ins Wartezimmer zu setzen?«

Papa hebt erstaunt den Kopf.

»Aha, klar, ja, kann ich machen.«

»Wenn du es okay findest, Sasha?«, fragt Linn.

»Von mir aus kann er sitzen, wo er will.«

Papa steht auf, öffnet die Tür und schaut mich ganz kurz über den Brillenrand an, bevor er rausgeht und die Tür vorsichtig schließt. Es wird still. Linn streicht sich die blonden Haare aus dem Gesicht.

»Manchmal tut es ganz gut, sich nur zu zweit zu unterhalten«, sagt sie.

Ich sage nichts. Wenn ich nicht

1. froh
2. normal
3. wütend

sein darf, weiß ich nicht, was ich sein soll. Da kann ich genauso gut den Mund halten.
»Willst du irgendein Spiel spielen?«, schlägt Linn vor.
Als sie meinen fragenden Blick sieht, erklärt sie:
»Oft ist es einfacher, ein Spiel zu spielen, während man sich unterhält. Viele finden es irgendwie anstrengend, einfach nur so dazusitzen und … sich gegenseitig anzustarren.«
Sie tritt an ein Regal und hält ein paar Pappschachteln hoch.
»Hier habe ich Othello, Mensch ärger dich nicht, ein Kartenspiel, ja, und das Fuchs-und-Schafspiel hab ich auch, und dann ein Spiel, das heißt Die Vampirjagd. Man wird mit einem Vampir in einer Burg eingesperrt und muss versuchen, eine Fackel und einen Schlüssel zu finden, um aus der Burg rauszukommen, und außerdem muss man verhindern, dass man von dem Vampir gebissen wird. Denn dann stirbt man und wird selbst ein Vampir und kann die anderen Spieler jagen. Das ist echt lustig!«
Denn dann stirbt man. Das ist echt lustig!
»Willst du das spielen?«
»Nein danke«, sage ich. Meine Stimme ist kalt und hart.
»Okay«, sagt Linn und setzt sich wieder in den Sessel.
Wir schweigen. Es vergeht eine Minute, es vergehen drei, es vergehen sieben Minuten. Auf dem Tischchen zwischen uns steht ein Wecker. Der rote Sekundenzeiger bewegt sich ruckartig von Ziffer zu Ziffer. Meine Gedanken wandern

davon. Aber das will ich nicht. Das ist gefährlich. Sie führen nämlich jedes Mal zu etwas hin, woran ich nicht denken will. *Mama.* Plötzlich taucht ein Bild auf. *Mama sitzt in der Küche.* Ich dränge es weg. Zwinge mich, an die Liste zu denken. An all das, was ich tun muss, um zu überleben. *Haare abschneiden. Check. Versuch gar nicht erst, dich um etwas Lebendiges zu kümmern. Check. Keine Bücher lesen. Check. Nur farbenfrohe Outfits anziehen. Check. Keine Spaziergänge. Den Wald meiden. Check. Check.*
Ich stelle fest, dass ich das meiste auf der Liste abgehakt habe. Jetzt sind nur zwei Punkte unerledigt übrig. *Nicht zu viel denken.* Und der letzte: *Comedy Queen werden!* Aber bis dahin ist es ja nicht mehr lang.
Linn schaut mich freundlich an. Ihre blonden Haare sind ihr wieder ins Gesicht gefallen, sie streicht sie zur Seite. Wippt leicht mit dem Fuß. Ihre weinroten Stiefel sind nicht zugebunden. Lange Schnürsenkel bewegen sich vor und zurück. Am liebsten würde ich mich auf die Knie werfen und sie zubinden. Ganz fest.
»Woran denkst du?«, fragt Linn.
Die Frage ist so groß, so riesig, da weiß ich nicht, was ich antworten soll. Soeben hab ich an die Liste gedacht, aber jetzt drängt sich diese Erinnerung wieder vor. Ich will sie wegschieben, doch das geht nicht.
Ich weiß noch, wie sie manchmal am Küchentisch saß und

nur vor sich hinstarrte. Mama. Wie sie in einer Bewegung stecken blieb. Irgendwie mittendrin, und dann nur so sitzen blieb. Einmal hielt sie ein Ei in der Hand, das sie gerade zu schälen begonnen hatte, dann wurde sie plötzlich bewegungslos, ganz starr, in der einen Hand das Ei, in der anderen ein kleines Stück weiße Schale. Als würde sie in einem Film mitmachen, und jemand hätte auf Pause gedrückt und das Bild eingefroren. Sie sah mich nicht, obwohl ich direkt vor ihr saß. Ihre Augen waren blank. Nahmen nichts wahr. Als wären sie in die falsche Richtung gerichtet. Nach innen.

»Ich weiß nicht«, sage ich, denn was soll ich schon sagen? Ich erinnere mich daran, wie Mama ein Ei schälte.

»Vielleicht weißt du, woran du gedacht hast, weißt aber nicht, wie du es sagen sollst?«

»Ich denke daran, dass du deine Schuhe nicht zugebunden hast«, sage ich. Meine Stimme ist wütend.

»Okay?«

Linn blickt runter auf ihre Schuhe.

»Und was denkst du darüber?«

»Ich denke, dass du stolpern und hinfallen kannst. Ich denke, dass Schnürsenkel in Rolltreppen hängen bleiben können.«

»Willst du, dass ich sie zubinde?«

»Du machst, was du willst. Vielleicht willst du ja auf Treppen stolpern und hinfallen?«

»Nein, das will ich natürlich nicht,«, erwidert Linn ruhig. Sie beugt sich vor und bindet zuerst den einen Schuh zu, und dann den anderen. »So.«

Wir schweigen noch eine Minute. Noch sind zwanzig Minuten von unseren fünfundvierzig Minuten übrig. Eine Ewigkeit.

»Kommt es oft vor, dass du befürchtest, jemand könnte sich verletzen?«, fragt Linn plötzlich.

Die Frage erstaunt mich. Und noch mehr staune ich, als ich mich selbst antworten höre.

»Ja, kann sein. Vor allem Papa. Ich mag es nicht, dass er raucht. Das macht er manchmal. Er glaubt, ich würde es nicht merken. Was total behämmert ist, weil er ja stinkt. Ich mag es nicht, dass er Fahrrad fährt, wenn die Straßen glatt sind. Ich mag es nicht, dass er abends Joggen geht.«

Linn nickt.

»Das ist kein Wunder. Immerhin sagt dir deine Erfahrung, dass es wirklich schiefgehen kann. Dass Menschen sich verletzen und ... verschwinden können. Für immer.«

Als sie das sagt, kriege ich einen Kloß in den Hals. Einen dummen, dicken, schweren Kloß, der mich daran hindert, zu schlucken. Ich spüre einen Druck auf der Brust. Hinter den Augen wird es warm, als drohten Tränen herauszufließen. Aber ich schlucke und schlucke. Immer wieder.

Sicherheitshalber lehne ich den Kopf nach hinten. Für den Fall, dass doch eine Träne kommen sollte. Ich habe nicht vor, diese dämlichen Taschentücher zu verwenden. Im Kopf gehe ich die Liste durch. *Haare abschneiden. Check. Versuch gar nicht erst, dich um etwas Lebendiges zu kümmern. Check. Keine Bücher lesen. Check ...*
»Ich sehe, dass du traurig wirst, wenn wir darüber reden.«
»Du, hör mal«, sage ich rasch, da ich das Thema wechseln will.
»Ja«, sagt Linn.
»Ich wüsste gern, ob es eine Möglichkeit gibt, gewisse Sachen nicht zu fühlen? Irgendwie eine Art Trick oder so?«
Ich halte den Kopf immer noch nach hinten geneigt. Sieht vielleicht komisch aus, doch das ist mir egal.
»Was sind das denn für Sachen, die du nicht fühlen willst?«
»Ach, nichts, ich überleg bloß. So ganz allgemein.«
»Hmm.« Linn sieht mich nachdenklich an.
»Wenn jemand zu mir käme und wissen wollte, ob es möglich ist, zum Beispiel Wut, Angst, Schuld oder vielleicht ... Trauer wegzunehmen, dann würde ich sagen, das geht nicht.«
Ich setze mich wieder aufrecht hin.
»Hey? Wie jetzt? Überhaupt nicht? Wozu soll Therapie dann überhaupt gut sein?«
Linn lacht kurz.

»Vielleicht um eine Möglichkeit zu finden, die Gefühle … zu ertragen? Mit ihnen umzugehen? Denn ich glaube, dass sie dann etwas weniger bedrückend werden.«
»Aber gibt es denn gar keine Möglichkeit, sie einfach wegzunehmen? Damit man sie loswird?«
»Nun, man kann Gefühle natürlich betäuben. Indem man dafür sorgt, ununterbrochen beschäftigt zu sein, vielleicht rund um die Uhr Computerspiele spielt, vielleicht shoppen geht … manche Erwachsene betäuben ihre Gefühle mit zu viel Alkohol. Aber ich glaube, das ist nicht so gut. Denn wenn man die schmerzhaften Gefühle betäubt, betäubt man auch alles andere. Alle positiven Gefühle. Man kann diese dunkleren Gefühle nicht betäuben, ohne gleichzeitig die Freude, die Kreativität, die Neugier, die Hoffnung zu betäuben. Verstehst du?«
»Aber trotzdem. Wenn eine Person zu dir käme, die trotzdem nichts fühlen will? Weil sie es nicht aushält? Was würdest du dann tun?«
»Hm, dann würde ich vielleicht vorschlagen, dass wir darüber reden sollten, was die Person nicht fühlen will und warum sie es nicht fühlen will.«
»Aber … hilft das?«
Ich höre, wie skeptisch meine Stimme klingt.
»Ja. Das hilft tatsächlich.«
Linn sieht mich an, und ich begegne ihrem Blick. Ihre Au-

gen sind hellblau, aber sie hat trotzdem dunkle Wimpern. Bisher habe ich nicht so recht daran gedacht, wie sie aussieht. Bis auf ihre krassen T-Shirts, natürlich. An der einen Wange hat sie vier Leberflecke, die sehen aus wie Hasenspuren im Schnee. Zwei nebeneinander und zwei übereinander. Ganz oben in dem einen Ohr hat sie ein Loch mit einem Silberring darin.

Plötzlich geht mir auf, wie das, was ich gesagt habe, in Linns Ohren klingen muss. Ich setze mich aufrechter hin.

»Also. Jetzt denkst du natürlich, dass ICH es bin, die das wissen will, das ist mir schon klar. Dass ich diejenige bin, die nichts fühlen will, wegen meiner Mama und all dem. Und ich verstehe ABSOLUT, wenn es so rüberkommt, aber ich kann nur sagen, so ist es nicht. Ich erkundige mich tatsächlich für eine Freundin. Die hat mich nämlich gefragt ... und ... ich wusste keine Antwort. Aber ich wusste ja, dass ich hierherkommen würde, und da hab ich gedacht, ich kann ja dich fragen.«

»Aha, verstehe«, sagt Linn. »Na, dann kannst du deiner Freundin ja das ausrichten, was ich gesagt habe.«

»Ja, super«, sage ich. »Das mach ich auf jeden Fall.«

Wir lächeln uns an. Gut, dass wir das geklärt haben. Linn wippt mit dem Fuß. Immerhin ist der Stiefel jetzt ordentlich zugebunden.

FALSCH, FALSCH, FALSCH

Manchmal glaube ich, dass ich dich in der Stadt sehe. Letzte Woche bin ich mehrere Straßen hinter einer Frau hergelaufen, nur weil sie aussah wie du. Sie trug den gleichen hellbeigen Mantel wie du, ihre Haare hatten die gleiche schokoladenbraune Farbe wie deine, sie setzte die Absätze genauso auf dem Boden auf wie du, irgendwie energisch.
Aber du warst es nicht.
Als sie sich umdrehte, begegnete ich ihrem Blick, und ihre Augen waren falsch, weil es nicht deine Augen waren, ihr Mund war falsch, weil es nicht dein Mund war, ihr Körper war falsch, weil es nicht deiner war. Sie sagte etwas zu mir, ich glaube, sie fragte, ob ich etwas wollte, aber ich antwortete nicht, weil ihre Stimme falsch war. Ich wollte weggehen, konnte es aber nicht, ich stand wie festgefroren am Asphalt. Da lächelte sie mich an, ein liebes Lächeln, aber auch das war falsch, denn es war nicht dein Lächeln.
Alles an ihr war nur falsch, falsch, falsch.
In meinem Kopf explodierte die rote Wut wie ein Feuerwerk. Nicht auf sie, nicht auf dich, sondern auf mich selbst. Denn

wie konnte ich nur so dumm sein? Wie konnte ich so dumm sein, zu glauben, das wärst du? Du bist doch tot!
Ich wich ein paar Schritte zurück, dann begann ich zu rennen. Ich rannte und ich rannte und ich rannte. Ich rannte den ganzen Weg nach Hause, ohne anzuhalten.

SESSEN VOM DOIFI

»Also, hab ich das jetzt richtig verstanden?«, sagt Märta und sieht mich nachdenklich an.
Ich zucke mit den Schultern. Was ich soeben erzählt habe, klingt ziemlich seltsam, das muss ich zugeben. Wir gehen den Hägerstensväg entlang. Die Sonne wärmt zum ersten Mal seit ich weiß nicht wann. Gelb wie ein Eidotter leuchtet sie von einem blassblauen Himmel herab. Endlich scheint der April es sich anders überlegt zu haben! Gerade noch rechtzeitig, bevor es Mai wird, typisch.
In der einen Hand halte ich eine Tüte, in der Tyras unfassbar teure Jacke liegt, an der anderen halte ich Märtas kleinen Bruder, den Banjoschänder, der zwischen mir und Märta geht. Er hat einen ziemlich verdreckten roten Overall an und eine blaue Mütze mit einer Katze drauf. Unter der Mütze schauen seine blonden Locken hervor. Er und Märta sehen sich echt ähnlich, obwohl Märta sehr gekränkt war, als ich das einmal erwähnte. Märta möchte ihn am liebsten nicht an der Hand halten, weil die ganz klebrig ist von Marmelade, doch das ist ihm egal. Er will, dass wir ihn alle fünf

Meter an den Armen hochheben und fliegen lassen, dann schreit er jedes Mal glücklich:
»HOPPSA!«
Märta ist nicht begeistert davon, dass sie auf ihn aufpassen muss, aber ich habe nichts dagegen. Ich finde ihn süß. So ein Geschwisterchen zu haben, das wäre toll. Jemand, der genau wüsste, wie die eigenen Eltern sind
waren
und mit dem man reden könnte.

Als ich sechs wurde, sah meine Wunschliste so aus:

1. Ein Hund
2. Ein Hund
3. Ein Hund
4. Ein Hund
5. Ein Hund
6. Ein Hund
7. Eine große Schwester
8. Ein kleiner Bruder

Dass eine große Schwester wohl kaum im Bereich des Möglichen lag, schien mir nicht aufgefallen zu sein.
Die Eltern von Märta und dem Banjoschänder sind gerade

bei Ikea und kaufen ein. Und offenbar kann man den Banjoschänder unmöglich dorthin mitnehmen, weil er jedes Mal glaubt, in diesem riesigen Haus würden all die vielen Leute tatsächlich wohnen, und er und seine Eltern seien dort zu Besuch. Letztes Mal versteckte er sich in einem Schrank, weil er einem Kunden offenbar erklärt hatte, er werde jetzt mit ihm Verstecken spielen. Anderthalb Stunden lang suchten sie nach ihm – seine Eltern, Märta und fünf oder sechs Ikea-Personen. Schließlich glaubten seine Eltern, er wäre entführt worden, worauf die Polizei verständigt wurde, oder vielleicht war es nur das Sicherheitspersonal, das weiß ich nicht mehr so genau. Auf jeden Fall hat Märtas Papa so sehr geweint, dass er sich nicht mehr auf den Beinen halten konnte. Er musste sich auf eines der Betten legen und in ein Kissen, das KNAVEL hieß, reinheulen. Dass das Kissen KNAVEL hieß, erfuhren sie, als sie es kaufen mussten. Märtas Papa hatte es offenbar versabbert, und darum könne man es nicht mehr verkaufen, hatte einer der Ikea-Typen säuerlich erklärt. Es kostete vierhundertneunundneunzig Kronen. Märtas Mama fragte ihn, warum er nicht auf ein etwas billigeres Kissen gesabbert hätte, zum Beispiel auf eines, das SLAN hieß und nur fünfzehn Kronen kostete? Märtas Papa sagte, er habe nun mal einen teuren Geschmack, da könne er nichts dafür.

Der Banjoschänder wurde schließlich gefunden, als eine alte Dame einen eleganten Schrank öffnete, den sie eventuell kaufen wollte. Als das Kind ihr stocksteif aus dem Schrank entgegenfiel, habe sie so laut geschrien, dass alles im Umkreis von hundert Metern innehielt. Alle seien mehr oder weniger zu Eis erstarrt. Es sei ein ENTSETZLICHER Schrei gewesen, erzählte Märtas Mutter, die es immerhin selbst gehört hatte. Der Banjoschänder war im Schrank eingeschlafen, aber die Dame hatte geglaubt, er wäre tot. Dann hatte er die Augen aufgeschlagen und gefragt:
»Wann gibs Essen?«
Der Banjoschänder hat immer Hunger.
Ein anderes Mal stellte er im Ikea drei Nachttöpfe nebeneinander hin und kackte in jeden rein, jeweils nur ein bisschen, aber immerhin. Und dann bat er eine Kundin, ihm den Hintern zu wischen. Die Kundin lehnte es freundlich, aber bestimmt ab. Märtas Eltern hatten alle drei Nachttöpfe kaufen müssen. Ganz so hatten sie sich ihren Ikeabesuch wohl nicht vorgestellt. Aber der Banjoschänder hat sich riesig gefreut. »Dlei Töppe! Hulla! Hulla!« Wahrscheinlich hat jeder von uns seine eigene Vorstellung von einem gelungenen Ikeabesuch.
Jetzt fährt Märta fort:
»Okay, da warst du also und hast den Kaninchen ... äh ... Witze erzählt?«

»HOPPSA!«, schreit der Banjoschänder, knallrot im Gesicht vor Glück.
»Jepp. Ich hab eine neue Nummer getestet.«
»Und da sind Tyra und Martina gekommen?«
»Jepp.«
»HOPPSA!«
»Und haben irgendwas Biestiges gesagt?«
»Genau. So wie immer.«
»HOPPSA!«
»Und dann hast du dich in die letzte Psychopathin verwandelt und hast dich auf Tyra gestürzt und ihre Jacke zerrissen? Ihre extrem teure Jacke für viertausend Kronen?«
»HOPPSA!«
»So ungefähr. Aber das war ja nicht mit Absicht.«
»HOPPSA!«
»Oh Mann, hier kann sich ja kein Mensch vernünftig unterhalten!«
Märta bleibt stehen und dreht sich zu ihrem kleinen Bruder um.
»Kein Hoppsa jetzt, ist das klar? Sasha und ich müssen uns über was Wichtiges unterhalten.«
Dabei redet sie noch schneller als sonst, aber der Banjoschänder scheint es trotzdem zu verstehen.
»Kein Hoppsa? Metti? Kein Hoppsa?«
»Nein, genau. Kein Hoppsa jetzt.«

»Sassa? Kein Hoppsa?«
Er sieht mich mit großen blauen Augen an. Seine Hand ist klein und warm.
»Nicht jetzt«, sage ich.
Wir gehen weiter. Plötzlich merke ich, dass der Schnee fast überall verschwunden ist, bis auf ein paar einzelne Haufen aus schmutzigem, zusammengeschipptem Matsch, der noch nicht ganz geschmolzen ist.
»Kein Hoppsa? Metti? Kein Hoppsa?«
»Nein! Kein Hoppsa.«
»Kein Hoppsa.«
»Also, das kapier ich nicht«, sagt Märta. »Was war nicht mit Absicht? Dass du so wütend geworden bist?«
»Das konnte ich wohl kaum vermeiden. Aber ich hatte natürlich nicht geplant, eine Jacke kaputt zu machen, die ungefähr gleich viel kostet wie … wie ein Hund.«
Hund. Ich weiß nicht, warum ich ausgerechnet diesen Vergleich wähle, das kommt einfach so.
»Kein Hoppsa?«
»Jetzt ehrlich, was hat Tyra denn gesagt, das dich so aufgeregt hat?«
Ich will es nicht wiederholen. Es ist zu schmerzhaft, die Worte auszusprechen.
Das hast du natürlich geerbt. Pass lieber auf, dass es dir nicht genauso den Sender raushaut wie deiner Mutter.

Ich seufze.
»Echt, das spielt keine Rolle. Sie war einfach fies.«
»Kein Hoppsa?«
Märta schiebt sich die Kappe aus der Stirn und sieht mich nachdenklich an. Wir biegen ab und gehen zur Aspudden-Schuhmacherei. Märta lässt die Hand des Banjoschänders los und öffnet die rote Tür. Ich steige die kurze Treppe hinunter und als ich mich umdrehe, sehe ich gerade noch, wie sich der Banjoschänder die Treppe hinabstürzt und schreit:
»HOOOPSAA!«
Es gelingt mir, ihn im letzten Moment aufzufangen, bevor er auf den Boden knallt. Sein Gewicht wirft mich fast um.
»Herrgott nochmal!«, stöhnt Märta und verdreht die Augen.
»Hejjgott nomal!«, sagt der Banjoschänder.
Vorsichtig stelle ich ihn auf den Boden. Er schaut sich neugierig um. Hinter der Kasse hängen zahllose Schlüssel an einer großen Tafel und weiter hinten im Laden türmen sich Schuhe und Taschen. Der Mann namens Gabriel kommt an die Theke. Seine Haare sind grau und seitlich ein bisschen zerzaust, und er hat eine Schürze aus Leder an.
»Hallo, Sasha!«, sagt er.
Er hat mich wiedererkannt. Papa kommt oft hierher, um seine Hosen kürzen zu lassen, weil die immer zu lang sind, und unsere Schuhe lassen wir auch hier reparieren. Gabriel

kam aus Syrien nach Schweden, um Fußball zu spielen. Als junger Mann muss er ein Ass gewesen sein, hat Papa gesagt.
»Hallo, Gabriel«, sage ich, hole die Jacke aus der Tüte und lege sie auf die Glastheke.
»Wie kann ich dir helfen, Sasha?«
»Ich würde diese Jacke gern flicken lassen«, sage ich und zeige ihm den Riss gleich neben dem Kragen.
Gabriel setzt die Brille auf, die ihm an einer Schnur um den Hals hängt, und untersucht den Stoff sorgfältig.
»Das wird sich schon machen lassen«, sagt er schließlich.
»Wie viel wird das kosten?«
»Vielleicht zweihundert, zweihundertfünfzig.«
Zweihundert, zweihundertfünfzig? Plötzlich flammt heiße Wut in mir auf. Papa hat nämlich gesagt, ich soll die Hälfte bezahlen. »Irgendeine Konsequenz muss es ja haben, wenn du anderen Leuten die Kleider zerreißt.« Also werde ich jetzt hundert oder hundertfünfundzwanzig Kronen ärmer. Diese verdammte Tyra! Ich hasse sie.
Märta ist vollauf damit beschäftig, all die vielen Sachen zu retten, die der Banjoschänder nur »bissel angucke« will. Sie biegt seine Finger auf und befreit einen Schlüsselring in Form eines Kackwurst-Emojis, von dem der Banjoschänder besonders begeistert zu sein schein.
»Wohns du hij?«, fragt er Gabriel und wandert hinter die Theke. Märta rennt hinterher, um ihn herauszuziehen.

Gabriel muss lachen.

»Nein, das tu ich nicht, aber ich arbeite hier.«

»Ajbeides du hij?«

»Ja! Hat er doch gerade gesagt!«

Märta klingt erschöpft. Sie versucht die Hand ihres kleinen Bruders festzuhalten, aber er reißt sich los. Plötzlich läutet ein Telefon. Gabriel entschuldigt sich und verschwindet um die Ecke, um das Gespräch anzunehmen. Die Wut über das Geld brodelt in meinem Kopf. Da kommt mir eine Idee. Eine Art Rache.

»Du, Märta«, sage ich. »Man könnte doch irgendwie so ein Voodoo-Ding machen?«

»Voodoo? Was ist das – Voodoo?«

»So eine Art schwarze Magie, mit der man … na ja, eben böse Geister auf das Opfer herabruft. Ich könnte einen Zettel in das Futter der Jacke stecken, auf dem zum Beispiel steht: »Ich, Tyra, werde in der Hölle schmoren!« oder vielleicht: »Ich, Tyra, werde mir mein Leben lang täglich in die Hose kacken!«

Der Banjoschänder lacht.

»Wejde in die Hose kacke!«,

»Nein, das wirst du nicht!«, sagt Märta in ziemlich ruppigem Ton.

Der Banjoschänder braucht immer noch Windeln, und Märta hat erklärt, sie würde lieber ein Kilo Koriander essen,

als ihrem kleinen Bruder die Windeln zu wechseln. (Sie verabscheut Koriander.)
Inzwischen hat der Banjoschänder einen riesigen Cowboyhut aufgestöbert. Den drückt er sich jetzt auf seine Mütze. Märta gibt schnell den Versuch auf, ihm den Hut wegzunehmen. Der Banjoschänder hat so viel Energie, das ist ihr einfach zu anstrengend.
»Ist das nicht eine megagute Idee?«, frage ich.
»Also ... ich weiß nicht«, sagt Märta. »Was bringt das schon? Wie würde das Leben für dich besser werden, wenn Tyra sich in die Hose kackt?«
»Ich denke, mein Leben würde wohl ein winziges bisschen besser werden.«
Märta sieht äußerst skeptisch aus.
»Voodoo funktioniert ja sowieso nicht«, sage ich, »aber für den Fall dass? Das wär doch echt der Hammer!«
»In die Hose kacke! In die Hose kacke! IN DIE HOSE KACKE!!«
Der Banjoschänder marschiert hin und her mit dem Hut auf dem Kopf und trompetet immer wieder ein und denselben Satz durch die Gegend.
»PSSST!«, sagt Märta. »Nicht so laut!«
»PSSST!«, macht ihr kleiner Bruder und marschiert weiter, allerdings flüstert er jetzt:
»In die Hose kacke, in die Hose kacke, in die Hose kacke!«

Märta setzt sich auf die unterste Treppenstufe. Sie sieht total erledigt aus.

»Kann es sein, dass er vom Teufel besessen ist, was meinst du?«, fragt sie und wirft einen Blick auf ihren Bruder.

Ich lache. Der Hut ist dem Banjoschänder inzwischen so tief über die Augen gerutscht, dass er nicht mehr sieht, wohin er geht.

»Jetzt is Nacht!«, ruft er und läuft gegen eine Wand, dreht aber sofort um, genau wie eine Figur in einem Computerspiel, und geht in eine andere Richtung weiter. Dabei hält er die Arme ausgestreckt, wie einer, der schlafwandelt.

Märta hebt ihre Kappe an und wischt sich den Schweiß von der Stirn.

»Nein, aber ehrlich«, sagt sie, »wäre es in dem Fall nicht besser, einen Zettel zu schreiben, auf dem so was steht wie: »Ich werde ein guter Mensch werden.«

»Langweiliger, ja. Aber vielleicht besser.«

Ich schaue mich nach etwas zum Schreiben um und entdecke einen Block mit kleinen grünen Post-it-Zetteln auf der Theke. Daneben liegt ein Stift. Schnell nehme ich den Block und schreibe mit Minibuchstaben: »Ich, Tyra, werde ein guter Mensch werden.« Wir hören, dass Gabriel das Gespräch beendet. Ich lege den Stift weg, doch dann überlege ich es mir anders und füge noch einen Satz hinzu: »Wenn ich nächstes Mal ein Referat halte, werde ich laut furzen.«

Irgendeine kleine Rache wird man sich doch gönnen dürfen? Ich falte den Zettel zu einem Viereck zusammen und schiebe ihn tief in den Riss zwischen Jackenstoff und Futter.
Gabriel taucht wieder auf.
»Sasha, ist es okay, wenn du die Jacke am Mittwoch abholen kannst?«
»Ja, super«, sage ich.
Märta gibt Gabriel den Cowboyhut zurück, dann verlassen wir den Aspudden-Schuhmacher.
»Hoppsa?«, fragt der Banjoschänder hoffnungsvoll, als wir hinauskommen.
»Na gut, von mir aus, jetzt kannst du hüpfen«, sagt Märta.
Der Banjoschänder strahlt vor Glück übers ganze Gesicht und ruft:
»HOPPSA HOPPSA HOPPSA! HUJJAAA!«
Direkt bevor wir uns vor Märtas Haustür trennen, sage ich:
»Jetzt sind es nur noch fünf Tage. Du kommst doch hoffentlich?«
Märta dreht sich um und fixiert mich. Tiefernst sagt sie:
»Hat der Papst eine komische Mütze auf?«
»Hä ... was?«
»Hat der Papst eine komische Mütze auf?«
»Ich kann nicht behaupten, dass ich genau weiß, wie seine Mütze aussieht ...«
»Die Antwort ist JA! Er hat eine komische Mütze auf! So

sagt meine Mutter immer. Das bedeutet, dass ich selbstverständlich komme!«

»Ein Glück!«, sage ich erleichtert.

Der Banjoschänder »umärmelt« mich zum Abschied, das heißt, er wirft mir die Arme um den Hals, zieht die Füße an und bleibt einfach so hängen wie ein schwerer Anker. Märta muss mich schließlich mit aller Kraft von ihm befreien. Dann verabschieden wir uns, und sie verschwinden durch die Haustür. Bevor sie zuschlägt, höre ich den Banjoschänder sagen:

»Metti, bin ich sess vom Doifi?«
»Was meinst du damit?«
»Bin ich sess vom Doifi?«
»Achso! Vom Teufel besessen. Ja, manchmal kann man sich das wirklich fragen.«
»Bin ich sess vom Doifi?«
»BESESSEN vom Teufel heißt es.«
»Bin ich sess vom Doifi?«
»Nein, das bist du nicht.«
»Wer is sess vom Doifi?«
»Ich jedenfalls nicht.«

***

Am Abend bekomme ich eine SMS von Märta:

> Du hättest Mamas Gesicht sehen sollen, als sie dem Banjoschänder Gute Nacht sagen wollte und er plötzlich flüsterte: »Bin sess vom Doifi.«

Ich muss laut auflachen. Wenn Märta ihn irgendwann satthat, übernehme ich ihn gerne. Aber halt. Das geht ja nicht. *Punkt 2: Versuch gar nicht erst, dich um etwas Lebendiges zu kümmern.*
Und ehrlich gesagt kenne ich kaum jemanden, der noch lebendiger wäre als ausgerechnet der Banjoschänder.

EINE LIMETTE, SCHLAU IM BADEANZUG VERSTECKT

Henrik hat mir versprochen, dass ich als Nummer Drei auftreten darf. Mir ist schlecht vor Nervosität. Ich schiele zu Papa und Ossi hinüber. Ich kann sie sehen, aber sie sehen mich nicht. Ich sitze schräg hinter ihnen, habe mich in einer dunklen Ecke ganz hinten im Lokal versteckt. Papa und Ossi sitzen in der ersten Reihe. Sie haben ihre Jacken über die Stuhlrücken gehängt. Papas grüne Wolljacke. Ossis schwarze aus Leder. Ihre Gesichter sind der Bühne zugewandt, wo Komiker Nummer Zwei soeben sein Set angefangen hat. Die Scheinwerfer beleuchten die Bühne. Ossi lacht wie immer sehr laut, trinkt Bier und wippt mit dem Fuß. Papa sieht entspannt aus. Froh. Ausnahmsweise trägt er heute seine Kontaktlinsen, und ich überlege, ob er jetzt wieder wie ein Panda ohne schwarze Ringe aussieht. Von hier aus kann ich das schlecht erkennen. Er hat keine Ahnung, dass ich hier bin, glaubt, ich sei bei Omi. Und obwohl Omi die schlechteste Lügnerin der Welt ist, haben sie und Ossi es geschafft, Papa reinzulegen. Ossi hat ihm erklärt, er müsse wieder mal ausgehen. Das ist wahr, Papa hockt fast immer zu Hause. Ich habe ein bisschen schlechtes Gewissen deswegen. Aber ich mag es nicht, wenn er ohne mich ausgeht, obwohl ich weiß, dass ich alleine klarkomme. Ich mache mir dann jedes Mal zu große Sorgen.

Märta und ich sind schon seit einer Stunde hier. Aber jetzt bin ich allein. Sie wollte noch irgendwas erledigen, keine Ahnung, was. Inzwischen sollte sie wirklich zurück sein! Ich hole mein Handy wieder heraus. Keine drei Minuten mehr! Ich habe meine Lieblingsklamotten an, die, in denen ich mich am wohlsten fühle. Meine halb kaputte hellblaue Jeans, meine grüne Adidas-Jacke und darunter ein neu erworbenes lila T-Shirt mit dem Bild eines quietschvergnügt grinsenden Kätzchens. Mein genialer Plan besteht darin, dass das breite Grinsen der Katze das Publikum sozusagen anstecken soll.

Ich schiele zu den anderen Komikern rüber, die seitlich neben der Bühne sitzen. Außer mir sind es noch acht. Henrik ist einer von ihnen. Das ist schon mal eine kleine Beruhigung. Eine kleine. Er hat mir eine Cola spendiert, mir ein paarmal etwas zu fest auf den Rücken geklopft und gute Ratschläge erteilt. (»Sieh das Publikum an, mach Pausen, konzentrier dich auf das, was du erzählen willst, und nicht auf dich selbst.«)

Garantiert ist mein Puls jetzt mindestens bei zweihundert. Ob die anderen sich wohl genauso fühlen? Eine schwarz gekleidete junge Frau so um die zwanzig läuft auf und ab, murmelt vor sich hin und starrt auf ihre Hand, auf die sie Stichworte notiert hat. Im Gegensatz dazu wirkt ein anderer Typ total cool. Er nimmt immer wieder einen Schluck aus seiner Bierflasche und labert in breitem Göteborg-Dialekt auf einen älteren Mann ein, der dagegen mit angsterfüllt aufgerissenen Augen die Bühne fixiert. Ich kann mir vorstellen, dass ich genauso aussehe.

Komiker Nummer Zwei hat blonde Wuschelhaare und heißt Rico, und sämtliche Witze, die er reißt, handeln davon, dass er klein ist.

»Wir Kleinen werden von der Gesellschaft unterdrückt. Ihr glaubt vielleicht, ich übertreibe, aber es ist so! Alle Leute sehen immer nur auf uns HERUNTER!«

Vereinzeltes Gelächter. Ein Mann lacht wie eine verzweifelt muhende Kuh. Normalerweise hätte ich über dieses Lachen gekichert. Jetzt kann ich das nicht. Rico fährt sich mit der Hand durch die Wuschelhaare und macht weiter:

»Als ob das nicht genug wäre. Als ich letzte Woche in der Stadt unterwegs war, hat man mich doch tatsächlich bestohlen! Mitten im H&M! Ein Taschendieb hat mir ganz frech die Brieftasche aus meiner Gesäßtasche geklaut. Ich kapier einfach nicht, wie er SO TIEF sinken konnte! Also, das meine ich ganz wörtlich, wie konnte er sich SO TIEF HINUNTERbeugen?«

Der Kuh-Mann muht, als wäre das Ende nahe. Ich schaue auf die Uhr, noch eine Minute. Sechzig Sekunden! Neunundfünfzig. Achtundfünfzig. Wo bleibt Märta? Ich brauche sie. Mein Herz klopft wie wild. Ich starre meinen Zettel an. Der Zettel zittert, weil meine Hände zittern und weil ich überhaupt von Kopf bis Fuß zittere. Ich werde den Zettel in die Jeanstasche stecken, sicherheitshalber. Falls ich den totalen Blackout kriege und mich an nichts mehr erinnere. Inzwischen ist Rico der Kleine fertig, alle applaudieren. Aus den Lautsprechern kommt jetzt wummernde Musik. Mit zitternden Händen falte ich den Zettel zusammen und stecke ihn in die Tasche. Dann hole ich ein paarmal tief Luft. Atme durch die Nase ein und durch den Mund aus. Durch die Nase ein, durch den Mund aus. Die Musik hört plötzlich auf, und die Moderatorin, die mit der Kappe und dem Hemd, steht auf der Bühne. Genau da kommt Märta die Treppe heruntergerannt. Ossi schaut nach hinten und sieht sie, und schon fängt Papa an, sich auch umzudrehen, das sehe ich fast wie in Zeitlupe, aber Ossi gelingt es, ihn blitzschnell abzulenken, indem er auf etwas auf dem Boden deutet. Die Moderatorin bedankt sich bei Rico, wendet sich dann ans Publikum und verkündet sehr laut:
»Wenn ihr Rico klein gefunden habt, dann kommt hier jemand NOCH Kleineres! Nein, KEINER der sieben Zwerge! Weder Brummbär noch Hatschi konnten kommen. Leider.«

Ein paar Zuschauer lachen. Die Moderatorin schiebt ihre Kappe zurecht.

»Okay, diesen Witz werd ich streichen. Aber. Ich muss zugeben, auf unsere nächste Künstlerin bin ich echt richtig neidisch. Doch, ganz ehrlich, und das nicht nur, weil sie immer noch Taschengeld bekommt, sondern auch, weil sie ihre eigenen Kleider nicht selbst zu waschen braucht! Unsere nächste Komikerin ist nämlich … ein KIND! Mit warmem Herzen und offenen Armen darf ich jetzt die jüngste Komikerin vorstellen, die JEMALS hier bei Komikaze Comedy aufgetreten ist! Und dies ist ihr ALLERERSTER Gig! Darum jetzt einen extra großen Applaus FÜÜÜÜÜR SASHAAA REEEIN!«

Ich verziehe die Mundwinkel zu einem breiten Lächeln, das dem Grinsen des Kätzchens entspricht, und renne los, auf die Bühne zu. Als ich beim Publikum ankomme, begegne ich Papas Blick. Er befindet sich im Schockzustand. Sein Mund steht offen, und seine Augen waren wohl noch nie so weit aufgerissen. Ossi lacht laut und boxt Papa auf den Arm. Ich mache einen Satz auf die Bühne, wo die verschwitzte Moderatorin mich umarmt und mir dann das Mikrophon reicht.

»Hallo, hallo, alle miteinander«, sage ich und erschrecke fast, weil meine Stimme so laut aus den Lautsprechern kommt. Es ist ganz still, bis auf ein schwaches Muhen vom Kuh-

Mann. In meinem Kopf prallen sämtliche Gedanken aufeinander. Die Sache, dass ich ein Kind bin, hat die Moderatorin jetzt ja bereits aufgegriffen. Soll ich trotzdem Henriks Rat befolgen und es erwähnen? Oder soll ich mit meinem Aussehen anfangen? Aber der Witz mit der skalpierten Barbie ging bei den Kaninchen ja voll daneben. Ich versuche Zeit zu gewinnen.
»Wie geht es euch?«, frage ich mit leicht zitternder Stimme. Das Mikro verstärkt den Ton, er hallt durchs Lokal.
»Gut!«, schreien ein paar. Ich kann Ossis Stimme unterscheiden, aber sehen kann ich das Publikum von hier aus nicht, der Scheinwerfer ist so blendend hell. Kann nur die Köpfe vage wahrnehmen. Wie viele sind es überhaupt? Fünfzig? Hundert? Keine Ahnung.
Ich erstarre. Die Gedanken schießen mir wie silberne Pfeile durch den Kopf. Mein Herz pocht. Ich kann das Pochen in den Ohren hören. Meine Hände sind schweißnass. Es ist, als würde das Blut sich zurückziehen, hinein in den Körper. Ich weiß noch, wie wir einmal abends mit dem Auto unterwegs waren, draußen war es stockdunkel. Weit und breit keine Straßenlampen. Plötzlich, im finstersten Wald, stand da ein Reh mitten auf der Fahrbahn. Papa musste eine Vollbremsung machen, Mama schrie laut auf. Das Reh rührte sich nicht vom Fleck. »Hau ab!«, brüllte ich, während das Auto beängstigend schnell immer näher schlitterte und

erst ganz kurz vor dem regungslosen Geschöpf anhielt. Da konnte ich in die schreckgeweiteten Augen des Rehs blicken. Es war wie hypnotisiert von den Scheinwerfern des Autos. So fühle ich mich jetzt. Wie ein zu Tode erschrecktes Reh, hypnotisiert vom Scheinwerfer. Ich spüre den Puls in den Schläfen. Werde ich jetzt sterben?
Doch plötzlich höre ich etwas. Einen schrillen Pfiff. Es ist Märta! Sie pfeift auf den Fingern, so laut wie noch nie.
»SASHA, GO GO GO!«, brüllt sie dann.
Und da ist es, als würde ich zum Leben erwachen. Genau wie das Reh damals. Ich starre auf das Publikum hinaus. Beschließe, keinen dämlichen Witz über meine Frisur zu reißen, die sowieso inzwischen fast normal aussieht. Fast. Ich lächle.
»Also, für diesen Gig komme ich von weit her! Jepp, ich bin von Göteborg hierhergeflogen.«
Nach einer kurzen Pause fahre ich fort:
»Und jetzt sind meine Arme so was von müde!«
Ein paar im Publikum lachen belustigt, Ossi am lautesten.
»Gestern gab's mein Lieblingsessen. Die meisten Kinder essen ja am liebsten Pfannkuchen, aber ich nicht! Mein Lieblingsessen ist Reis mit Ketchup. Das kann ich wärmstens empfehlen! Ist echt fantastisch, wenn man einen solchen Kohldampf hat, dass man am liebsten zweitausend Stück von irgendwas essen möchte!«

Noch mehr Gelächter, lautes Gelächter! Der Kuh-Mann muht begeistert.

»Vorhin hab ich ein bisschen geflunkert, sorry, aber ich bin ehrlich gesagt nicht hergeflogen, sondern hab die U-Bahn genommen. Und als ich bei Medborgarplatsen ausstieg und dann die Rolltreppe nach oben nehmen wollte, hing da so ein orangeroter Zettel an der Rolltreppe: »Rolltreppe kaputt.« Aber das kann nicht sein, eine Rolltreppe kann ja gar nicht kaputt sein, habt ihr euch das schon mal überlegt? Die kann nur … eine Treppe werden! Auf dem Zettel hätte lieber stehen sollen: »Rolltreppe, vorübergehend verwandelt in Treppe.«

Mehr Gelächter, lauteres Gelächter! Ich werde mutiger, traue mich, ein paar Schritte hin und her zu machen.

»Kurz bevor ich herkam, hab ich eine Cola getrunken.«

Plötzlich fällt mir Henriks Rat ein, worauf ich eine kleine Pause einlege. Und dann:

»Und der Clou war, dass jemand eine Limette in das Glas getan hatte. Und da hab ich gesehen, dass die Limette oben auf der Cola schwamm. Das war eine SUPER Entdeckung, oder? Wenn ich nächstes Mal auf einem Schiff bin, das untergeht, raff ich mir schnell eine Limette.«

Das Publikum explodiert in lautes Gelächter, und es dauert ein paar Sekunden, ehrlich gesagt sogar ziemlich viele, bis das Lachen verebbt, vor allem das Muhen.

»Also, ich sag nur! Wenn sie das auf der Titanic gewusst hätten!«
Noch mehr Gelächter! Und dann höre ich es. Papas Lachen! Papas warmes liebes Papalachen! Ich schaue zu ihm hinunter. Inzwischen hab ich mich an die Scheinwerfer gewöhnt, ich sehe ihn ganz deutlich. Er lächelt, er lächelt mit dem ganzen Gesicht, und alle Kummerfalten sind verschwunden, nur die Lachfalten sind noch da.
»Und wenn ich dann mal ohne Schwimmweste Wasserski fahren will, kommt natürlich mein Papa angerannt und … ja, mein Papa, da unten sitzt er übrigens«, sage ich und deute auf ihn. Alle Köpfe drehen sich zu Papa um. Irgendjemand klopft ihm auf die Schulter. Ossi kneift ihn in die Wange. Und Papa sieht so stolz und froh aus, dass er sogar stärker zu strahlen scheint als die Scheinwerfer. Ich mache weiter: »Jedenfalls schreit er dann garantiert: ›Halt! Was machst du da, Sasha?!‹, aber dann angle ich einfach meine Limette herauf, die ich schlauerweise im Badeanzug versteckt habe!«
Ich reiße den Berlinerwitz, ich reiße den Rollkragenwitz, ich reiße den Witz mit dem Nachbarn, der an die Wand klopft.
Die Leute lachen so laut und so lange, dass ich angesteckt werde und selbst loslache und irgendwie nicht mehr aufhören kann, und da lachen sie noch mehr. Und obwohl ich weiß, dass man nicht über seine eigenen Witze lachen soll,

mach ich es trotzdem. Kleine Glücksbläschen sausen durch mich hindurch. Ich fühle mich unbesiegbar, ich fühle mich on top of the world.
Es ist wie ein Traum. Das Publikum applaudiert. Sie applaudieren so laut, dass das Dach fast abhebt. Sie erheben sich, einer nach dem andern. Ich lächle, ich lache, ich verbeuge mich tief runter zum Boden. Irgendjemand pfeift auf den Fingern, jemand anderes schreit einfach laut. Ich sehe Märta, die SASHASASHASASHA brüllt und so wild auf und ab hüpft, dass ihre blonden Locken auf ihren Schultern tanzen, ich sehe Papa mit seinen ungeschützten Augen, ich sehe Ossi mit der steifen Elvis-Frisur. Sie applaudieren so heftig, dass ihnen die Hände wehtun müssen. Die Moderatorin kommt auf die Bühne, nimmt ihre Baseballkappe ab und sagt, nein, schreit:
»HUT AB VOR SASHA REIN! Heute Abend haben wir gesehen, wie EIN STAR geboren wurde!«
Und als ich die Bühne verlasse, GEHE ich nicht, nein, ich FLIEGE, ich hüpfe vom Bühnenrand schnurstracks in Papas Arme, so wie früher, als ich klein war und wir im Schwimmbad waren. Und er fängt mich auf und wirbelt mich im Kreis, genau wie damals. Und Henrik taucht neben uns auf, klopft mir ermunternd auf den Rücken und sagt »Well done, also WIRKLICH well done!«, und Märta sagt, ich sei mit Abstand die Witzigste in ganz Schweden, und mir ist

natürlich klar, dass sie dick aufträgt, aber ich liebe sie, weil sie das sagt. Und dann schenkt sie mir ein kleines Schmusetier, das man am Schlüsselbund haben kann, einen weichen weißen Hund, der sogar weicher ist als Cookie Dough. Und Ossi kann einfach nicht still stehen, sondern hüpft von einem Fuß auf den anderen und behauptet, er sei fast OHNMÄCHTIG geworden vor Bewunderung, er sei vor Lachen fast GESTORBEN und er sei vor Stolz fast VOM STUHL GEFALLEN, und dann sagt er, er habe vergessen, etwas mitzubringen, er habe schon lange vorgehabt, mir eine seiner E-Gitarren zu schenken, schließlich habe er ja fünf davon in seiner Wohnung. Und ich weiß nicht, ob er das tatsächlich so meint, oder ob er nur ein bisschen überdreht ist, aber im Moment spielt das echt keine Rolle.
Schließlich stellt Papa mich auf den Boden. Er schüttelt den Kopf und sagt: »Ich kapier gar nichts! Wie … überhaupt? Wann …? Also, wer BIST du überhaupt?«
Ich sage nichts. Lächle nur. *Punkt 7. Comedy Queen werden.* Check!

DIE TRÄNEN

Ich trete auf die Straße hinaus. Eiskalter Wind pfeift mir ins Gesicht. Das fühlt sich an wie ein Schlag. Ein paar Sekunden vergehen, eine halbe Minute vergeht, ich atme ein und aus und ein und aus, und da ist es, als würde die Freude aus mir raussickern. Und dann ist sie plötzlich verschwunden. Einfach so. Als wäre ein Dementor an mich herangeglitten und hätte mich geküsst und mir alle Lebensfreude aus dem Körper gesogen. Und dagegen würde keine Schokolade der Welt etwas ausrichten können ...
Ich habe das bekommen, was ich haben wollte. Aber ... was jetzt? Was passiert jetzt? Ich habe Leute dazu gebracht, drei Minuten lang zu lachen. Ich habe Papa zum Lachen gebracht, Papa, Märta, Ossi und Henrik. Und ich habe alle Punkte auf der Liste erledigt. Alle sieben. Oder, na ja. Den einen, wo es darum geht, nicht zu viel zu denken, vielleicht nicht unbedingt. Aber im Grunde genommen ändert das ja nichts. Das bringt meine Mama nicht ins Leben zurück. Hatte ich das auf irgendeine gestörte Weise vielleicht trotzdem für möglich gehalten?

Auf die Tränen, die mir plötzlich in die Augen steigen und alles in einen verschwommenen Nebel tauchen, bin ich völlig unvorbereitet. Die Trauer wirft mich um, oder vielleicht stolpere ich auch über irgendwas, keine Ahnung. Aber plötzlich liege ich einfach der Länge nach auf dem Pflaster und weine. Weine, dass mein ganzer Körper bebt. Und die Tränen lassen sich diesmal nicht in die Augen zurückdrängen, dazu sind es viel zu viele, und sie fließen viel zu schnell. Dann geht die Tür auf, und Papa, Ossi und Märta kommen heraus. Sie reden darüber, wie witzig Henrik war, und auch ein Mädchen namens Raven war lustig, aber alle drei sind der Meinung, ich sei die Beste von allen gewesen. Irgendwo klappert und klirrt etwas, und sie haben nichts gecheckt, sie glauben, ich liege nur zum Spaß so da. Papa lacht und sagt, ich würde schmutzig werden, und Ossi will mir auf die Beine helfen, aber ich weigere mich, mein Körper besteht aus Beton, aus dem hässlichsten, schwersten, grauesten Beton, und ich werde niemals wieder aufstehen können.

EIN VERGESSENER DORN

»*Ich will nicht neben dir sitzen, ich will neben Ossi sitzen.*«
Das habe ich gesagt.
Papa. In seinem schwarzen Anzug. Das weiße Hemd, die weiße Krawatte. Eine weiße Krawatte. Die trägt man nur, wenn man der verstorbenen Person nahestand. Papas Blick. Völlig verloren. Als hätte er sich total verirrt und würde nie wieder nach Hause finden. Ich. In neuen, steifen Kleidern, die noch nie gewaschen worden waren. Eine schwarze Bluse. Wer trägt schon Blusen? Ich nicht. Aber damals trug ich eine. Bei der Beerdigung meiner Mutter trug ich eine Bluse. Die trug ich, während der kalte Körper meiner Mutter in einem weißen Sarg lag, den man mit Blumen geschmückt hatte. Geschmückt. So nannte es der Pfarrer. Wahrscheinlich sollte das irgendwie schön klingen. Aber diese Blumen, die man auf dem Sargdeckel platziert hatte, würden schon in wenigen Stunden oder in wenigen Tagen genauso tot sein wie Mama. Genauso leblos. Blatt um Blatt würde gelb werden, schrumpfen und abfallen. Es spielte keine Rolle, wie schön die Rosen jetzt gerade waren. Es spielte keine Rolle,

wie schön Mama gewesen war. Die langen dunklen Haare. Die langen, schlanken Finger. Die Augen, grün wie das Meer. Die meisten Leute meinen, das Meer sei blau. Mein Meer nicht. Keines der Meere, die ich kenne. Dort drinnen lag sie. Mama. Eingesperrt in eine enge Holzkiste. Und ich war hier draußen. In der Kirche. Die hohe Decke. Viele Meter hoch. Endlose Reihen von Fenstern. Ich versuchte die Fenster zu zählen, kam aber immer wieder raus. Siebzehn, nein, zwanzig, nein, dreiundzwanzig. Draußen die Bäume mit ihren einfältigen zitternden Blättern. Das hölzerne Kreuz an der Wand hinterm Sarg. Die Kirche war so groß. So breit, so hoch und lang. Dennoch fühlte ich mich genauso eingesperrt wie Mama in ihrem Sarg. Ich konnte kaum atmen. Die vielen Menschen. Ich konnte sie nicht ansehen. Ich weigerte mich. Vielen war ich noch nie begegnet. Kannten die Mama überhaupt? Wussten die, wer sie war? Wussten die, dass sie in den Büchern, die sie las, die Seiten oben umknickte? Dass sie mit dünnem, zittrigem Bleistift Notizen machte? Ausrufezeichen und Unterstreichungen, die ich nicht verstand. Wussten sie, dass sie nur eine Sorte Tee trank, für den wir extra ins Stadtzentrum fahren mussten, nach Östermalm? Tee, der Sir Williams hieß? Wussten die, dass sie jeden Tag mein Bett machte und dabei die Stofftiere zu lustigen kleinen Szenen arrangierte? Das Kaninchen namens Kaninchen, das müde

mit herabhängenden Ohren dasaß, ein Pixi-Büchlein im Schoß. Bäri, der Bär, der dem Lemuren Lemmy ein Küsschen gab, wobei sich Lemmys Schwanz vor Freude kringelte. Der Hund Saidu Keidon, ja, er hieß tatsächlich so, der auf dem Rücken lag, alle drei Welpen auf dem Bauch. Wussten die das? Kannten die sie überhaupt? Was machten die hier? Sie hatten kein Recht.
Oma und Opa saßen hinter uns. Sie waren aus Hannover in Deutschland hergereist. Oma so dement, dass sie nicht einmal begriff, wer überhaupt gestorben war. Opa verbissen und schweigsam. Ich kenne sie nicht. Ich kann nicht mit ihnen reden. Mama hat auch nicht mit ihnen geredet, also warum sollte ich? Aber ich beneidete Oma. Ich wollte auch vergessen. Wollte in einem See aus Vergessen versinken, das Wasser ins Gehirn dringen und alle Erinnerungen wegspülen lassen, allen Schmerz und alle Trauer.
Ich hatte mich neben Ossi gesetzt, weil ich annahm, dass er nicht weinen würde. Papa versuchte nicht, mich zu überreden, sondern hielt nur meine Hand, quer über Ossis Knie. Ossis große tätowierte Pranke lag auf unseren beiden Händen. Ossi im Anzug und weißen Hemd, etwas, das er sonst nie trug. Etwas, das ich ihm hätte ersparen wollen.
Der Chor sang. Helle, ineinander verflochtene Stimmen, die gegen die Wände hallten. Die Orgel dröhnte. Die Menschen weinten. Sie schnieften und schnäuzten sich. Warum konn-

ten sie nicht etwas leiser weinen? Mussten sie unbedingt alle Tränen und die ganze Luft beanspruchen? Da blieb ja nichts für mich übrig.

Die Pfarrerin sprach über Mama. Sie sagte Mamas Namen. Immer wieder. Sabine. Sabine. Sabine. Sprach darüber, wie Mama gewesen war. Wie sehr sie die Bücher geliebt habe und die Natur. Und Papa und mich. Aber eigentlich wusste sie ja gar nichts, diese Pfarrerin. Das war doch nur das, was wir ihr erzählt hatten, oder vor allem Papa. Ich hörte jemanden flüstern, wie schön das sei. Dass sie, diese Pfarrerin, so schön spreche. Ich verstand das nicht. Mama war doch tot. Sie hatte sich doch das Leben genommen. Alle schönen Worte, die darübergebreitet wurden, kamen mir vor, als würde man versuchen, einen vergessenen, kaputten Regenschirm mit schimmernden Perlen zu bekleben, ihn mit regenbogenschimmerndem Flitter zu besprenkeln. Das hatte doch keinen Sinn. Egal, wie viele Perlen, wie viel Flitter darüber gehäuft wurden, konnte dennoch jeder sehen, dass er kaputt war, kaputt kaputt kaputt. Dass er niemals wieder ganz werden würde.

Jetzt sollten wir an den Sarg vortreten – der Moment, vor dem ich mich so sehr gefürchtet hatte. Wir erhoben uns. Papa und ich sollten als Erste nach vorn gehen. Ich hatte eine rote Rose bekommen, die ich auf den Sargdeckel legen sollte. Im Blumenladen hatte jemand die Dornen entfernt.

Aber einen hatten sie übersehen. Einen spitzen Dorn, unter einem grünen Blatt versteckt. Ich presste meinen Mittelfinger dagegen. Presste und presste, bis ein Loch in der Haut entstand und Blut hervorquoll. Papa nahm meine Hand. Er konnte fast nicht gehen. Er schwankte. Er stolperte. Ossi musste an seine andere Seite eilen. Ihn stützen wie ein Blumenstab, der ein kraftloses Pflänzchen stützt. Der Laut, der aus Papas Kehle drang – so etwas will ich nie wieder hören. Das klang nicht menschlich.
Und als ich beim Sarg ankam, war es, als würden alle plötzlich noch lauter weinen als bisher. Ich sah hoch, nur ganz kurz, sah die Gesichter, die wie vor Trauer verzerrt waren. Dann streckte ich den Arm vor zum Sarg. Doch auf einmal machte es stopp. Mein Arm erstarrte. Einfach so, ausgestreckt. Ich wollte nämlich keine Blume auf den Sarg legen. Wollte Mama das nicht geben. Mama, die mich verlassen hatte. Mama, die mich für immer verlassen hatte. Und vielleicht ... vielleicht wollte ich mich auch nicht verabschieden. Ich wich einen Schritt zurück. Alle starrten mich an. Es wurde still. Als Einziges war das Geräusch zu hören, das Papa von sich gab, eine Art wimmerndes Schluchzen. Ich sah auf die Menschen hinaus. Auf all die Gesichter. Sie hatten so große Augen. In meinem Bauch schwoll etwas an, schwarz und schwer und grollend wie Donner. Ich trat noch einen Schritt zurück und noch einen. Ich wollte rückwärts durch

die Wand gehen und verschwinden. Wie ein Erdbeben stieg Panik in mir hoch. Ich hörte die Töne der Orgel, doch die Orgel war so weit weg, klang so erstaunlich schwach, als würden ihre Töne vom Grund des Meeres aufsteigen. Aber plötzlich näherte sich jemand. Jemand mit schwarzer Elvis-Frisur und tätowierten Händen. Vorsichtig fasste er meinen Arm an. Meinen steifen, erstarrten Arm. Und streichelte ihn mit seiner Hand, und da wurde der Arm weich. Weich wie Spaghetti, weich wie Gelee. Ossi hielt mich fest und schubste mich gleichzeitig ganz, ganz leicht mit der Hüfte. Und dann gingen wir zusammen vor zum Sarg. Und ich streckte meinen Arm aus. Die schöne Rose, die Papa gekauft hatte. Die Papa für mich ausgesucht hatte und die ich meiner Mama geben sollte. Ich zögerte. Zögerte schon wieder.

»Weißt du, was eine rote Rose bedeutet?« Ossis Stimme wie ein Flüstern an meinem Ohr.

Ich schüttelte den Kopf, obwohl ich die Antwort wusste.

»Die bedeutet ›Ich liebe dich‹. Du weißt, dass du das tust. Dass du deine Mutter liebst. Und weißt du auch«, fuhr er fort, und sein Atem war so nah, dass er meine Wange kitzelte. »Weißt du auch, was drei Rosen bedeuten?«

Er deutete auf den Sarg, wo drei blutrote Rosen in meine Richtung ragten wie Mikrofone.

»Ich liebe dich mal drei?«, fragte ich so leise, dass niemand sonst es hören konnte.

»Ja, das bedeutet, ich liebe dich unendlich. Aber es bedeutet auch: Ich will dich wiedersehen. Denn ... ihr werdet euch wiedersehen, und das weißt du.«

Und obwohl ich nicht an den Himmel glaube, und obwohl es nicht Mama gewesen war, die diese Rosen dorthin gelegt hatte, und obwohl ich das Gefühl hatte, zu zerbrechen, war es, als würde es ein klein wenig heller werden. Als würde ein tiefschwarzer Gewitterhimmel sich ganz unerwartet leicht öffnen und einen kleinen nadeldünnen Streifen Blau zeigen. Als würde Mama mir etwas aus ihrem Himmel sagen.

»Leg die Rose jetzt hin«, sagte Ossi.

Das tat ich. Und fiel dann in Ossis Arme, und danach weiß ich nichts mehr.

DAS DUNKLE INNENLEBEN VON DARTH VADER

Nach dem Stand-up-Gig bleiben Papa und ich eine Woche zu Hause. Papa geht nicht zur Arbeit, ich gehe nicht zur Schule. Seit ich zwölf bin, darf Papa sich eigentlich nicht mehr meinetwegen freinehmen, aber er rief seinen Chef an und erklärte, das müsse einfach sein. Ich hörte ihn sogar die Worte äußern: *der Selbstmord meiner Frau.* Ich glaube, das habe ich ihn noch nie sagen hören.

Wenn die Tränen sich erst mal befreit haben, sind sie wie ein Wasserfall, nein, nicht wie ein Wasserfall, das ist übertrieben, aber wie zwei Wasserhähne, die fast jederzeit zu fließen anfangen können. Eines Morgens wache ich sogar davon auf, dass ich weine. Ich wusste gar nicht, dass man im Schlaf weinen kann. Ich würde zwar nicht behaupten, dass ich gern weine. Aber es fühlt sich dennoch so an, als würde sich etwas lösen. Der Kloß im Hals ist kleiner, und das Schlucken fällt mir ein bisschen leichter und das Atmen auch, und das Loch im Bauch ist nicht mehr so groß und schwarz wie vorher.

Wir versuchen über Mama zu reden, über all das, was pas-

siert ist, aber darin sind wir wohl nicht besonders gut. Vielleicht, weil wir so wenig Übung haben. Aber Papa ist auf jeden Fall gut darin, mich in den Arm zu nehmen und meine Tränen zu trocknen. Zurzeit liest er ein Buch, das heißt *Über Kinder und Trauer*, aber das macht er nur heimlich, wenn er meint, ich würde es nicht sehen, und dann versteckt er das Buch auf dem Nachttisch unter einer Fahrradzeitschrift. Manchmal sagt er Sachen wie:
»Ich denke, es ist wichtig, dass wir über unsere Gefühle sprechen.«
Oder:
»Hast du irgendwelche Fragen, die mit Mama zu tun haben, mit ihrer Depression oder mit dem Selbstmord, und die ich vielleicht beantworten könnte?«
Oder:
»Würdest du Mama gern einen Brief schreiben, in dem du erzählst, was du fühlst und denkst?«
Es ist toll, dass er sich so viel Mühe gibt, allerdings wirkt es, als sei das irgendwie nicht er selbst. Ein bisschen … unnatürlich. Aber eines Abends, als ich an ihn gelehnt auf dem Sofa sitze und wir einen Naturfilm über Seeotter gucken – und tatsächlich soeben gerührt darüber gelacht haben, dass sie einander an der Pfote halten, wenn sie schlafen, damit sie im Wasser nicht voneinander wegtreiben –, sagt er plötzlich:
»Du hast gestern im Schlaf geredet.«

»Echt?«

Ich bin verblüfft. Als ich klein war, bekam ich oft zu hören, ich würde im Schlaf reden, doch das ist inzwischen viele Jahre her.

»Ja … du hast da etwas gesagt, was ich nicht ganz verstanden habe. Du hast von ›der Liste‹ geredet. Immer wieder hast du das gesagt. ›Die Liste‹. Sasha … was ist das für eine Liste?«

Ich erstarre. *Die Liste.*

»Was hab ich sonst noch gesagt?«

Ich versuche, normal zu klingen, aber meine Stimme ist angespannt.

»Das war nicht ganz deutlich, aber es hatte etwas mit Büchern zu tun und mit dem Wald, *nicht in den Wald?*«

»Den Wald meiden«, sage ich ohne zu überlegen.

»Ja! Genau. ›Den Wald meiden.‹ Um was geht es denn da?«

Im Hintergrund höre ich die Stimme, die über die Seeotter erzählt. Die Otter fressen Muscheln, Schnecken und Seeigel. Sie legen sich die Beute auf die Brust und zerschlagen die Schalen mit einem Stein.

Jetzt stehe ich auf. Ich gehe in mein Zimmmer, hole Darth Vader und stelle ihn direkt vor Papa auf den Wohnzimmertisch.

Papa macht ein verwirrtes Gesicht.

»Äh …«

»Öffne das Batteriefach!«
»Okay«, sagt Papa. Mit gerunzelter Stirn fummelt er eine Weile an der schwarzen Plastikklappe an Darth Vaders Rücken herum, bringt sie schließlich auf und sieht zu mir hoch.
»Nimm den Zettel heraus.«
Papa nimmt den Zettel, der ganz zerknittert ist, nachdem er mehrere Wochen im dunklen Innern von Darth Vader gelegen hat.
»Falte ihn auseinander. Lies.«
Papa wickelt den Zettel auseinander und sieht ihn lange an. Seine Augen bewegen sich über das Papier. Mein Herz klopft heftig, ich atme angestrengt, und mein Fuß bewegt sich genauso aufgeregt wie der von Ossi. Dann schaut Papa endlich zu mir auf. Die Zeit steht still. Was wird er sagen? Er räuspert sich:
»Ich hab wirklich versucht zu lesen, aber die Buchstaben sind zu klein. Ich sehe überhaupt nichts!«
Eine kurze Sekunde lang ärgere ich mich, doch dann muss ich lachen. Die ganze supernervöse Stimmung, und dabei sieht er nicht einmal, was dasteht! Papa lächelt ein wenig unsicher.
Ich setze mich aufs Sofa und nehme ihm den Zettel weg. Dann lese ich ihm vor, was ich alles tun muss, um zu überleben, um nicht so zu werden wie Mama. Die Haare abschneiden, mich um nichts Lebendiges kümmern, keine Bücher

lesen, nur bunte Klamotten anziehen, nicht zu viel denken (am besten überhaupt nichts), Spaziergänge und den Wald meiden, Comedy Queen werden.

Als ich fertig bin, schaue ich Papa an. Er sieht total unglücklich aus, hat feuchte Augen und eine steile Falte zwischen den Augenbrauen.

»Aber Sasha, mein Schatz! Du wirst überleben, nein, du wirst nicht nur überleben, du wirst leben! Das weiß ich. Das sehe ich doch! Und obwohl deine Mama viele Seiten hatte, die … sie bedrückten, die schwer für sie waren … hatte sie doch auch sehr viele gute, großartige Eigenschaften … Und die sehe ich in dir. Ich sehe viel von ihr in dir!«

»Aber das WILL ich nicht! Ich will nicht so sein wie sie!«

»Du bist nicht wie sie, du bist eine eigene Person. Aber du hast Seiten von mir, nicht wahr? Und auch Seiten von ihr.«

»Aber das will ich nicht! Sie war doch krank. Sie war doch depressiv.«

»Ja, das war sie. Aber nicht immer. Nicht die ganze Zeit. Du darfst sie nicht ganz und gar ablehnen, das darfst du einfach nicht.«

Jetzt ist Papa derjenige, der aufsteht. Er tritt an den Schrank unterm Fernseher und hockt sich davor hin. Und während zwei riesengroße Seeotter entspannt in Rückenlage davongleiten, Hand in Hand dem Horizont entgegen, öffnet er den Schrank und holt etwas heraus. Ein großes Buch mit rotem Einband. Ich sehe, was es ist. Es ist das Fotoalbum aus der Zeit, als ich klein war. Er legt es auf den Tisch, setzt sich wieder neben mich und schlägt die erste Seite auf: Eine schwarzweiße Ultraschallaufnahme von mir in Mamas Bauch.

»Hast du gewusst, dass Mutter und Kind im Bauch Zellen austauschen? Man weiß nicht, warum das geschieht. Aber in einem gewissen Stadium der Schwangerschaft tauschen sie Zellen aus. Ist das nicht fantastisch?«

Unter dem Bild steht in Papas Handschrift: »Unser kleiner Schatz, achtzehn Wochen alt!«

Auf der nächsten Seite liege ich in Mamas Armen, habe eine blauweiße Strampelhose mit Elefantenmuster an und kurze braune Haare. Da bin ich erst drei Tage alt. Mama lächelt und gibt mir ein Fläschchen. Unsere Blicke sind ineinander versunken. Darunter hat Mama geschrieben: »Ich liebe dich zum Mond und zurück.« So sagte sie immer zu mir – dass sie mich zum Mond und zurück liebe. Die Erinnerung daran versetzt mir einen Stich ins Herz, denn das hatte ich fast vergessen.

Wir durchblättern das Album. Es gibt Fotos von uns allen. Mama, die mit mir im Bett ein Bilderbuch anschaut. Da bin ich immer noch ein Baby, wenn auch ungewöhnlich dick. Unsere Köpfe sind eng nebeneinander, und ich stelle fest, dass unsere Haare die exakt gleiche schokoladenbraune

Farbe haben. Papa, der hinter mir herrennt, als ich gerade erst Radfahren gelernt habe, da bin ich wohl fünf. Auf diesem Foto haben unsere Gesichter einen fast identischen Ausdruck, irgendwie ängstlich und gleichzeitig exaltiert. Und dann Mama in einer knallgelben Regenjacke im Wald, mit mir in einer Trage auf dem Rücken. Ich habe eine rote Erdbeermütze auf. Wir sehen vergnügt aus und haben rosige Backen. Unter das Bild hat Mama geschrieben: »Ich und Sasha pflücken Pilze.« Als ich genauer hinschaue, sehe ich, dass ich tatsächlich einen winzigen Pfifferling in der Hand halte.

»Du hast den Wald geliebt«, sagt Papa. »Und es hat dir gefallen, so in der Rückentrage zu sitzen, da bist du ganz ruhig geworden.«

»Wirklich?«

Ich sehe Papa an. Er hat sich seit mehreren Tagen nicht rasiert und hat inzwischen einen kurzen Bart. Der steht ihm, finde ich.

»Ja! Sonst warst du recht wild. Und du hast dir gern vorlesen lassen, und später hast du gern selbst gelesen. Davon bist du auch ruhig geworden. Du bist neugierig wie sie, clever wie sie, dickköpfig wie sie, schlagfertig wie sie. Und also ... deine komische Ader, die hast du jedenfalls nicht von mir, wie sehr ich mir das auch gewünscht hätte.«

Er lacht kurz auf.

»Weißt du noch, wie sie über Leute redete, die funny bones hatten? Die irgendwie bis ins Knochenmark komisch waren? Das vergisst man leicht, nachdem sie das letzte Jahr so depressiv war, aber ich muss dir sagen, deine Mutter war eine der witzigsten Personen, die ich in meinem ganzen Leben gekannt habe. Das war mit ein Grund, warum ich mich ausgerechnet in sie verliebte. Sie hatte wirklich funny bones. Genau wie du.«

Inzwischen kann ich die Otter nicht mehr erkennen, weil meine Augen von warmen, salzigen Tränen ganz vernebelt sind.

DON'T TELL ME TO SMILE

Es gibt Dinge, die sind so schwierig zu sagen, dass man die Worte einfach nicht aussprechen kann. Der Kloß im Hals blockiert alles. Ich schlucke und schlucke noch einmal. Sehe Linn an. Sie sitzt zurückgelehnt auf dem blauen Stuhl. Heute hat sie ein graues T-Shirt an, auf dem ein wütender Bär auf den Hinterbeinen steht. Aus seinem Maul kommt eine Sprechblase: »Don't tell me to smile!«

»Manchmal, wenn einem das Sprechen schwerfällt, kann man stattdessen schreiben«, sagt Linn, als hätte sie meine Gedanken gelesen.

Sie schubst einen Block zu mir rüber. Langsam nehme ich ihn in die Hand. Schlucke. Linn reicht mir einen orangeroten Filzstift.

Ich ziehe die Hülle ab und schreibe: »Manchmal denke ich, es ist meine Schuld, dass Mama sich das Leben genommen hat.« Ich zögere, reiche ihr dann aber doch Block und Stift hinüber. Linn liest und schaut zu mir her. Runzelt die Stirn. Dann schreibt sie etwas und reicht den Block zurück. Ich lese:

»Wie sollte das deine Schuld sein können?«
»Ich weiß nicht«, schreibe ich.
Dann gebe ich Linn den Block, dabei fällt der Stift runter und rollt unter den Tisch.
»Darf ich reden?«, fragt sie.
Ich nicke. Ich spüre, dass Linn mich ansieht, schaffe es aber nicht, ihrem Blick zu begegnen. Schaue auf den Boden, wo der Stift liegt.
»Warum sollte das deine Schuld sein, Sasha?«
Sie reicht mir den Block, und ich nehme ihn. Lasse ihn aber auf dem Schoß liegen. Meine Stimme ist fast ein Flüstern, als ich sage:
»Ich weiß nicht, aber … einmal hab ich gedacht, es wäre vielleicht besser, wenn sie stirbt. Das war an einem Tag, als … Sie war schon so lange traurig. Sie weinte jeden Tag. Ich ertrug es nicht mehr, sie weinen zu hören. Ich wurde wütend.
Ich ertrug es nicht, ihren Körper unter der Bettdecke zu sehen. Ihre ungewaschenen Haare auf dem Kissen. Ich wollte keine Freunde nach Hause mitbringen, weil ich mich so sehr schämte. Ich hab das gedacht, und dann … ist es passiert. Vielleicht …«
Der Kloß ist jetzt sehr groß. Ich schlucke und schlucke. Kann kaum sprechen. Ich starre den Stift an. Wie stark der da unterm Tisch leuchtet. Orange orange orange.

»Ich denke … irgendwie … hab ich was gemacht, damit es passiert.«
Ich sehe zu Linn hoch. Ihre Augen sind groß, ihr Blick sanft.
»Sasha. Ich verspreche dir. Es ist NICHT deine Schuld, dass deine Mutter sich das Leben genommen hat. Das weiß ich. Das weiß ich hundertprozentig. Für dich wollte sie leben, verstehst du? Deine Mutter hat dich geliebt. Das weißt du doch?«
»Aber wie kannst du das alles wissen? Du hast sie ja gar nicht gekannt.«
Meine Stimme zittert, aber ich mache sie hart. Will das andere, das Zerbrechliche, das darunter liegt, nicht hervorlassen.
»Ich weiß es einfach. Und außerdem hab ich mit deinem Vater geredet. Er hat sie gekannt, nicht wahr? Sie hat dich so sehr geliebt, Sasha, hörst du?«
»Offenbar nicht genug. Nicht so sehr, dass sie es wert fand, für mich weiterzuleben.«
Meine Stimme ist ein Flüstern. Kaum hörbar. Linn sieht unglücklich aus. Sie atmet tief ein und dann in einem langen Seufzer aus.
»Liebste Sasha. Du warst die, für die sie leben wollte. Doch dann konnte sie das nicht. Sie wurde krank. Die Depression kam. Es gibt Menschen, die werden mit dem Leben einfach nicht fertig. Dazu gehörte deine Mutter. Und das ist schrecklich traurig.«

Ich schaue aus dem Fenster. Der Himmel ist weiß. Nicht grau, nicht blau, einfach flaumig weiß. Ich presse die Lippen zusammen. Kaue an der weichen Innenseite der Wange, bis ich Blutgeschmack im Mund habe. Mein Körper ist so schwer, fast als wäre er aus Blei.

»Aber ich denke trotzdem, dass ... ich vielleicht etwas hätte ... dass ich doch etwas hätte ... tun sollen.«

Linn schweigt eine Weile. Der rote Sekundenzeiger des Weckers, der auf dem Tisch steht, bewegt sich ruckhaft. Eine Sekunde nach der anderen. Dann beugt sie sich im Stuhl vor und sieht mich intensiv an.

»Vor einiger Zeit hab ich etwas im Internet gelesen. Ich weiß natürlich nicht, wie es für deine Mutter war, aber jedenfalls musste ich an sie denken. Also, da hat ein junger Mann beschrieben, wie es sich anfühlte, wenn es ihm schlechtging. Und ihm ging es schrecklich schlecht, er war sehr, sehr traurig, hatte schlimme Depressionen. Er wollte nicht mehr leben. Er schrieb, das sei ein Gefühl, als befände man sich mitten in einem Autounfall. Die ganze Zeit. Mitten im Crash. Wenn man sich direkt in einem Crash befindet, kann man schließlich an nichts anderes denken, oder? Man kann nicht an die vielen schönen Erinnerungen denken, die man hat, auch nicht an all die lieben Menschen, die man kennt, oder daran, was man gerne tut oder was man später machen will. Man befindet sich einfach mitten in der Krise. Man sieht nichts

anderes, fühlt nichts anderes, kann nichts anderes. Man versucht, damit umzugehen, doch das funktioniert nicht. Es ist schwierig zu wissen, was man tun soll, wenn man mitten in einem Crash steckt, der einfach nie aufhört, nicht wahr? Und der Schmerz ist so heftig, genau wie bei einem schweren Unfall. Aber dieser Schmerz sitzt nicht im Körper, sondern in der Psyche. Im Kopf und im Herzen. In den Gefühlen und Gedanken. Und da braucht man seriöse professionelle Hilfe. Psychologen, Ärzte, Psychiater, man braucht Medikamente, man muss ins Krankenhaus. Dieser Unfallzustand muss behoben werden, verstehst du? Sasha, wie hättest du das verhindern können, wenn selbst die Psychiatrie es nicht konnte? Du bist ihr Kind, oder? Und nicht Gott.«
»Ich WAR ihr Kind.«
»Du bist ihr Kind. Sie ist immer noch deine Mutter.«
»Nein. Sie existiert nicht mehr.«
Die Tränen hinter den Augen. Ich spüre, wie sie brennen.
»Sie existiert in deinem Innern.«
Linn steht auf und hockt sich vor mich hin. Nimmt meine Hand. Legt sie mir auf die Brust. Dorthin, wo das Herz sitzt.
»Deine Mutter ist hier. Alle Momente, die ihr geteilt habt. Alle Erinnerungen. Alle Zärtlichkeiten, die du bekommen hast. Dein Körper erinnert sich daran. Dein Gehirn erinnert sich daran. Sie sind in deinem Körper gespeichert. In deinem Herzen existiert deine Mutter noch.«

Ich fahre hoch, so plötzlich, dass Linn nach hinten kippt und auf dem Hintern landet. Dann strecke ich mich blitzschnell auf dem Fußboden aus, muss die Tränen am Fließen hindern. Klar wirkt das jetzt voll durchgeknallt, doch das ist mir egal. Vor Papa zu weinen, ist eine Sache. Hier zu weinen ist etwas anderes. In der KJP. Vor einer Psychologin.

»Hoppla, was ist jetzt passiert?«

Linns Stimme klingt erstaunt. Ich starre an die Decke hoch. Wenn ich blinzle, fließen mir die Tränen aus den Augen. Also darf ich nicht blinzeln.

»Sasha, warum liegst du da?«

Linn rutscht zu mir her und setzt sich neben mich. Streicht mir vorsichtig übers Haar. Ich schluchze.

»Ich will nicht weinen. Ich will nicht immerzu weinen, so wie Mama.«

»Du, hör mal. Weinen oder Traurigsein, das ist nicht an sich gefährlich. Gefährlich ist es nur, wenn man mit all diesen traurigen Gedanken und Gefühlen allein ist. Denn dann glaubt man vielleicht, die Probleme, die man hat, wären unlösbar, man werde sich für immer so schlecht fühlen und man wäre allein auf der Welt.«

»Aber ich will nicht, dass du jetzt denkst, ich wär depressiv oder psychisch krank. Ich will einfach normal sein!«

»Aber Sashalein!«, sagt Linn. »Du bist nicht psychisch krank! Hast du gemeint, ich würde das denken? Es ist doch kein

bisschen merkwürdig, dass du weinst! Du trauerst doch. Du vermisst sie, du vermisst doch deine Mama!«
Da schwemmen meine Augen plötzlich über, Tränen strömen mir über die Wangen, sie rinnen in die Ohren und hinunter auf den staubigen Boden, hinterlassen nasse Spuren. Ich lege mich auf die Seite und kauere mich zu einem kleinen Ball zusammen. Wimmernd bringe ich hervor: »Ich ... ich werde nie wieder zu irgendjemand Mama sagen dürfen.«
Und dann dringt ein Laut, den ich bisher noch nie gehört habe, aus meiner Kehle, es klingt wie ein kleiner Hund, der jault, und ich spüre, wie mein ganzer Körper bebt. Linn legt mir den Arm auf die Schulter, zieht mich auf dem leicht staubigen Boden zu sich her und drückt mich. Mein Körper bebt jetzt so sehr, als würde er geschüttelt. Ich presse mein Gesicht an Linns Schulter, ganz ganz fest, das muss fast wehtun, mir tut es weh, in mir tut es so weh, ich weiß nicht, was ich machen soll. Und die Zeit vergeht, ich weiß nicht, wie viele Minuten verstreichen, während mein Körper bebt, die Tränen fließen und Linn sagt:
»Schon gut, schon gut, Sasha, liebe kleine Sasha, lass es nur heraus. Weine jetzt, weine ruhig.«
Und nach einer Weil verstummt das Gejaule. Und irgendwann bebt mein Körper nicht mehr so sehr. Ich atme abgehackt, schluchze. Und irgendwann ist es, als wären die Tränen alle.

In mir ist es leer und still. Und der Kloß im Hals ist nicht mehr da. Den haben die Tränen aufgelöst. Er ist verschwunden. Linn streicht mir übers Haar, und alles ist still und ruhig. Ich setze mich auf. Schiele zu Linn hinüber, die sich gerade aufrichtet. Ich weiß nicht, aber es sieht fast so aus, als hätte sie auch geweint. Ihr graues T-Shirt ist an der Schulter ganz nass von meinen Tränen. Ein großer Fleck. Er hat die Form eines Baumes. Ein Stamm, eine große wolkenähnliche Baumkrone. *Mama, die den Wald so liebte.*
»Tut mir leid«, sage ich und nicke zu dem Fleck hin.
»Ach du liebe Zeit, das macht doch nichts!«
Sie reicht mir die Taschentücher, ich nehme eins und trockne die Tränen ab, schneuze mich. Linn nimmt ebenfalls ein Papiertuch und tupft sich damit unter die Augen.
»Tränen sind die sauberste aller Körperflüssigkeiten«, sagt sie.
»Echt?«
»Ja, überleg mal: Schweiß, Blut, Urin, Rotz. Da sind die Tränen doch am saubersten, oder?«
»Na, dann ist es ja ein Glück, dass ich nicht auf deine Schulter gepieselt hab, wie ich zuerst vorhatte«, sage ich.
Linn kichert. Ein kurzes schnaubendes Geräusch durch die Nase. Da muss ich auch kichern. Und dann sie. Ich sehe ihren Augen an, dass sie gleich loslachen muss, aber versucht, es zurückzuhalten. Sie kneift die Augen zu, zieht die Schul-

tern hoch. Ich spüre, wie das Kichern in mir wächst. Plötzlich platzen wir beide los, genau gleichzeitig. Lachen laut, lachen und lachen. Und kaum wollen wir aufhören, sehen wir uns an, und schon müssen wir weiterlachen. Es dauert mehrere Minuten, bis es uns gelingt, uns zu beruhigen.
»Oh, du bist so witzig, Sasha!«
»Ist das wahr? Findest du?«
Meine Wangen werden ganz warm von dem Kompliment.
»Ja! Du bist so unglaublich fix und hast so clevere Ideen.«
»Weißt du, ich will nämlich Stand-upperin werden! Hab ich das schon gesagt?«
»Nein, noch nie! Du hast nur erzählt, dass du Chorgesang toll findest ...«
Ich lächle verlegen.
»Also ... das hab ich nur so gesagt.«
»Stell dir vor, das hab ich fast geahnt.« Linn stupst mich augenzwinkernd in die Seite.
»Wenn du willst, kann ich bei unserem nächsten Treffen meine Routine abziehen. ›Routine‹, so nennt man das. Sie dauert nur drei Minuten.«
»Ich wüsste nichts, was ich lieber wollte!«
Linn begleitet mich zur Garderobe und nimmt mich zum Abschied in die Arme. Kurz bevor ich zur Tür hinausgehe, bleibe ich stehen. Eine Sache muss ich noch fragen.
»Du, Linn?«

»Ja?«

»Hast du vorhin geweint?«

»Ja, das hab ich.«

»Aber ... machst du das immer so, dass du mit deinen Patienten weinst?«

»*Immer* würde ich nicht gerade sagen, aber wenn mich etwas berührt, kann es schon passieren, dass mir die Tränen kommen. Dagegen liege ich eher selten neben irgendwelchen Leuten auf dem Boden, wenn ich weine.«

Linn lächelt. Ich lächle auch.

»Hat es dich gestört, dass ich geweint hab?«, fragt Linn vorsichtig.

»Nein. Ich fand es schön.«

»Ein Glück.«

»Nächstes Mal können wir ja auf dem Boden liegen und lachen«, sage ich. »Als Abwechslung.«

»Vielleicht ein bisschen sowohl als auch?«, schlägt Linn vor, und ich nicke.

TAKE ME HOME

Eines Samstagmorgens im Mai werde ich davon geweckt, dass Papa das Rollo mit einem Ruck hochschnappen lässt. Die Sonne bohrt sich mir wie ein Laserschwert in die Augen.
»NEIN!«, schreie ich. »Lass es runter!«
Ich dreh mich auf die Seite und ziehe mir die Decke über den Kopf. Ich bin so wahnsinnig müde.
»Sasha, mein Schatz, wir machen jetzt einen Ausflug aufs Land.«
»Danke, aber nein!«, sage ich.
»Danke, aber ja!«, sagt Papa. »Ich habe ein Auto gemietet!«
Er setzt sich aufs Bett und hebt die Decke hoch. Kitzelt mich im Nacken.
»Warum?«, frage ich. »Mir gefällt's in der Stadt.«
»Ich habe ein Picknick vorbereitet. Wie wär's mit frischer, süßer Mango? Zimtschnecken, gebacken von mir persönlich? Brote mit Erdnussbutter und Marmelade? Klingt das nicht lecker? He? He? He?«
Er kitzelt mich unter den Armen, bis ich vor unfreiwilligem Lachen prusten muss.

»Doch … Aber das können wir doch hier zu Hause essen? Auf dem Balkon?«, schlage ich vor.
»Hör mal, Sasha! Wie träge darf man denn sein? Da tut es nur gut, ein bisschen in die Wildnis rauszukommen. Durch den Wald zu spazieren. Auf einer sonnigen Lichtung zu picknicken!«
Punkt 6: Keine Spaziergänge. Meide den Wald.
Unwillkürlich muss ich an die Liste denken, obwohl Linn gesagt hat, die soll ich vergessen und mir lieber überlegen, was ICH im Leben machen will, egal, ob es etwas war, das Mama gern gemacht hat oder nicht.
Ich setze mich auf und gähne ausgiebig. Checke den Wecker.
»Aber Papa! Es ist doch erst acht! Heute ist Samstag!«
»Du lieber Himmel, ruf den Kinderschutzbund an! Los, rein in die Klamotten mit dir!«

***

Eine Stunde später sitze ich, nur noch ein bisschen unzufrieden, neben Papa im Auto, während er zu Rammstein singt, nein, vielmehr brüllt:
»DU HAST! DU HAST MICH!«
Früher, als wir zu dritt waren, durfte jeder von uns immer jeden dritten Song wählen. Jetzt wählen Papa und ich abwechselnd jeden zweiten.

Wir fahren über eine Brücke. Auf einem Schild steht »Drottningholm«, und im selben Moment sehe ich das große hellgelbe Schloss links auftauchen. Es spiegelt sich im Wasser. Ein weißer Dampfer tuckert superlangsam auf eine Landungsbrücke zu. Aus dem Schornstein quellen graue Rauchwölkchen. Als Rammstein zu Ende ist, wähle ich *Take Me Home, Country Roads.* Das hat Mama gern gehört und oft gewählt, wenn wir unterwegs waren. Papa wirft mir einen Blick zu. Ich singe zwar nicht mit wie Papa vorhin, aber im Kopf höre ich Mamas Stimme.

Wir fahren am Schloss vorbei, entlang an Wäldchen, Pferdeweiden und Nebensträßchen, Papa fährt und fährt, immer weiter. Eigentlich fahre ich gern Auto, ich könnte ewig so neben ihm sitzen und einfach geradeaus weiterfahren. Immer weiter fort. Doch dann biegt Papa plötzlich auf eine schmale Straße ein. »Svartsjö« kann ich noch auf dem Schild lesen. Anfangs ist die Straße asphaltiert, aber bald wird sie zu einem unbefestigten Weg. Das Auto hüpft und ruckelt. Schließlich hält Papa vor einem großen roten Haus mit weißen Eckbalken. Ich sehe ihn fragend an.

»Was wollen wir hier machen?«

»Wir wollen nur einen … äh, jemand besuchen«, sagt Papa und sieht verschmitzt aus.

Ich runzle die Stirn. Überraschungen kann ich gar nicht leiden.

WELPENATTACKE
DIREKT AUFS HERZ

Auf dem Rasen, ein Stück vom roten Haus entfernt, steht ein großer Hundezwinger, eingezäunt mit Maschendraht. In dem Zwinger rennen kleine schwarze, schokoladenbraune und gefleckte Cockerspaniel-Welpen herum und bellen. Oder bellen ist falsch, sie kläffen eher. Kleine Wuffs und Wiffs aus offenen Mäulchen mit schneeweißen Zähnchen. Die Welpen balgen sich und beißen einander in die Ohren und versuchen, unter ihre total erschöpft daliegende Mutter zu krabbeln, um Milch zu trinken. Ein schwarzer Welpe liegt entspannt auf einem molligen braunen, zusammen bilden sie einen winzigen Welpenhaufen. Ich versuche, die Hundchen zu zählen, es sind so viele und sie rennen so wild im Kreis herum, dass man sie kaum auseinanderhalten kann, aber ich glaube, es sind sieben, oder vielleicht sogar acht.
Ohne dass ich recht weiß, wie mir geschieht, stehe ich plötzlich direkt vor dem Maschendraht. Ich muss ja hingegangen sein, ich muss einen Fuß vor den anderen gesetzt haben, aber ich bin mir nicht sicher, wie das passiert ist. Die Welpen sind so unglaublich süß, dass mein Herz eine Art

Zuckerschock bekommt. Wie eine Herzattacke, aber eine gute. Ein Welpenattacke aufs Herz.
Ich sinke vor dem Maschendraht auf die Knie. Kann die Hundchen nur anstarren, während mir weiche Wärme ins Herz strömt und sich wie Watte dort ausbreitet. Alles wird ruhig und samtig. Der kleine Braune versucht sich von seinem Geschwisterchen zu befreien und krabbelt ein Stück davon, der Schwarze bleibt aber einfach auf ihm liegen, quer über dem braunen Rücken, wie ein schwerer, welpenförmiger Rucksack. Schließlich beißt der Braune dem Schwarzen ins Ohr, worauf der aufheult, ein herzzerreißendes kleines Jaulen, aber wenigstens hüpft er dann herunter. Endlich befreit, rennt der Braune zu mir her, die winzige rosa Zunge im Mundwinkel. Dann streckt er seine runde Schnauze durch den Maschendraht und presst sie an meine Hand. Die Schnauze ist feucht und ein bisschen kalt. Plötzlich beißt er mir mit nadelspitzen kleinen Zähnen in den Daumen.
»Aua«, sage ich. »Darf man jemand beißen, den man zum ersten Mal trifft? Na? Darf man das?«
Meine Stimme ist weich und honigsüß. So klingt sie sonst nicht. So klingt sie ehrlich gesagt nie. Das Hundchen lässt meinen Daumen los und schaut mich mit runden braunen Augen an, als wäre es gerade erst aufgewacht. Dreht den Kopf zur Seite und versucht seine Schnauze zurückzuziehen, doch die steckt im Maschendraht fest. Und der Kleine

weiß nicht, dass er sich rückwärts bewegen soll. Ich glaube, das ist das niedlichste Problem, das ich je gesehen habe!
»Du musst einfach rückwärts gehen, Süßer«, sage ich und lache.
Da kommt seine Schnauze endlich frei. Vor lauter Freude wufft und wifft er und rast wie wild im Kreis durchs Gras, so schnell, dass seine normalerweise hängenden Ohren horizontal nach hinten abstehen. Dabei wedelt das Schwänzchen unablässig hin und her. Dann bleibt er stehen und schaut mich an. Winselt leise, als wollte er etwas.
Papa hockt sich neben mich.
»Was er wohl will? Vielleicht hat er Hunger?«, sage ich.
»Vielleicht will er dich einfach begrüßen?«, schlägt Papa vor.
Da tritt eine Frau aus der Tür des roten Hauses. Sie trägt hellblaue abgewetzte Jeans mit Löchern an den Knien, ihre schwarzen Haare sind zu einem Schwanz hochgebunden.
»Hallo!«, ruft sie. »Ihr habt sie schon begrüßt, wie ich sehe.«
»Ja, tut mir leid, wir sind einfach direkt zum Zwinger hin«, sagt Papa und richtet sich auf. »Wir hätten natürlich erst anklopfen sollen, aber …«
Die Frau wedelt mit der Hand, um deutlich zu machen, dass das keine Rolle spielt.
»Wer hier nicht gleich als Erstes die Welpen begrüßt, muss schon ganz schön verrückt sein!«
Sie kommt herüber und gibt Papa die Hand.

»Anita.«

»Abbe. Oder, ja, Albert.«

Ich schaue zu Anita hoch, kann mich aber nicht dazu überwinden, aufzustehen, weil der braune Welpe soeben beschlossen hat, meine Hand mit seiner rosa Mini-Zunge abzulecken und ich nicht will, dass er aufhört, darum sage ich nur Hallo. Anita legt mir die Hand auf die Schulter und sagt: »Na so was! Ihr habt euch ja schon gefunden!«

Ich sehe sie verwirrt an.

»Ja, das ist nämlich tatsächlich der Welpe, den ihr reserviert habt. Lieferbereit nächstes Wochenende. Wir nennen ihn Toffee, weil er genauso aussieht. Oder? Ich meine, die Farbe.«

»Aber Papa, ich hab doch gesagt, dass wir nicht …«

Dann verstumme ich. Beende den Satz nicht. Ich hätte es kapieren müssen, als ich den Zwinger sah. Dennoch hab ich's nicht gecheckt. Ist das Toffee? Ist Toffee der Welpe, der für mich bestimmt war? Ist das der kleine Hund auf dem Foto in der Schachtel, die ich weit unter mein Bett geschoben habe? Papa tut so, als würde er nicht hören. Er ist voll davon in Anspruch genommen, ein Stöckchen durch den Maschendraht zu stecken, damit der schwarze Welpe ihn fangen kann.

»Alle Welpen haben Namen nach Süßigkeiten«, erklärt Anita. »Hier haben wir Toffees wilde Schwester Lakritze …«

Sie deutet auf das glänzend schwarze Hündchen, das vorhin auf Toffee lag und jetzt eifrig in Papas Stöckchen beißt.
»Und dort hinten bei der Wasserschüssel steht Nougat, die ist ein bisschen dunkler braun, da hinten ist Snickers, und dann haben wir Dumle, Japp, Krokant und ... ja, wo ist sie denn, sie versteckt sich so gern ...«
Plötzlich krabbelt ein kleines Hundchen mit schwarzem Bauch und Rücken, aber mit braunen Pfoten und brauner Schnauze, unter den Beinen der Mutter hervor. Die Mutter schaut verschlafen auf es herab und stupst es dann freundlich mit der Schnauze.
»Ja, da ist sie ja! Mint!«
Papa und ich wechseln Blicke und lachen.
»Die Schokoladennamen sind uns ausgegangen«, erklärt Anita. »Einen Moment, ich hole Toffee heraus, damit ihr euch ordentlich begrüßen könnt!«
Anita geht um das Gehege herum und öffnet ein Tor. Die Welpen kommen auf sie zugepurzelt, stolpern vor lauter Eifer übereinander. Anita setzt ihre Gummistiefelfüße vorsichtig zwischen den kleinen Welpenkörpern auf.
»Unsere arme Tilda ist so müde!«, sagt Anita und streichelt die Mutter. »Acht Welpen. Kann man sich gut vorstellen! Auf acht Kinder aufpassen! Und keiner da, der das Sorgerecht mit einem teilt!«
Sie zwinkert Papa zu, ohne zu ahnen, dass er und Tilda

mehr gemeinsam haben, als man annehmen sollte. Also, nicht weil ich etwa sieben Geschwister habe, aber trotzdem.
»Wo ist der Vater?«, frage ich.
»Ach der, der ist nach Småland zurückgereist, wo er herkommt.«
Ich atme auf, als ich höre, dass er lebt. Aber was ist das für ein komischer Gedanke? Warum sollte er nicht leben?
Anita packt einen verblüfften Toffee und hebt ihn über den Zaun zu mir herüber. Ich stehe auf und nehme ihn in Empfang. Er zappelt und krabbelt und windet sich, und sein Fell fühlt sich ganz weich und flauschig an. Er presst seine Schnauze in meine Achselhöhle, dann niest er, ein, zwei, drei Mal! Schüttelt hinterher den Kopf, dass die Ohren flattern. Ich lache und begegne Papas Blick. Papa lächelt.
Plötzlich wird Toffee still. Sein kleiner Welpenkörper liegt warm an meiner Brust. Mit seinen schönen goldbraunen Augen schaut er zu mir auf, dann fährt er mir mit seiner kleinen Zunge über den Mund, zur Nasenspitze hinauf.
Und da ist es, als würden in meiner Brust lauter bunt schimmernde Kohlensäurebläschen hochwirbeln und auf dem Weg zu meinem Herzen aufplatzen, eins nach dem andern, mit leichtem, leisem Knacken. Und in den Bläschen befindet sich Liebe. Nichts als Liebe in ihrer wärmsten, reinsten Form.

TOFFEE

Auf dem Rückweg sitze ich im Auto und schweige. Draußen vor dem Fenster fliegt die Welt vorbei: Bäume, Wasser, Häuser, und obwohl ich mit weit offenen Augen hinausstarre, sehe ich eigentlich nichts. Denn in meinem Kopf schießen die Gedanken wie silberne Flipperkugeln hin und her.
Kann ich die Liste wirklich weglegen? Kann ich wirklich Punkt zwei ignorieren? Den vielleicht wichtigsten Punkt?
Punkt 2. Versuch gar nicht erst, dich um etwas Lebendiges zu kümmern.
Es ist nicht so, dass ich mich nicht um Toffee kümmern WILL. Im ganzen Universum fällt mir nichts ein, was ich lieber wollte. Aber ich habe solche Angst davor, es nicht zu schaffen. Was ist, wenn ich mich nicht um ihn kümmern KANN? Was ist, wenn ich nicht weiß, wie das geht? Was ist, wenn ich … irgendwie etwas mache, das ihm schadet? Etwas, wodurch er traurig wird? Dann könnte ich mich nicht weiter um ihn kümmern, sondern müsste ihn abgeben. Und dann wäre er allein. Verlassen.
Gleichzeitig … die Vorstellung, jeden Morgen mit einem

kleinen warmen Toffee an den Füßen aufzuwachen. Diese flauschigen, hängenden Ohren. Dieser wedelnde Schwanz. Würde das Leben dann nicht mehr Spaß machen? Und genügend Liebe müsste ich ihm doch eigentlich geben können?

Als wir vom Hundezwinger wegfuhren, sagte Papa, er werde meinen Entschluss akzeptieren, egal, wie ich mich entscheide. Auch wenn es ziemlich offensichtlich ist, dass er selbst nur zu gern Toffees Herrchen werden würde. Ich glaube, er hat mindestens fünfzig Fotos von Toffee und den übrigen Welpen gemacht.

»Es ist doch nett, ein paar Bilder von ihm als Welpe zu haben«, sagte Papa. »Falls wir später mal ein Album anlegen.«
Ich kann nichts sagen, hab schließlich auch ein paar Aufnahmen gemacht.

In meinem Kopf herrscht Chaos. Ich muss mir überlegen, was ich tun soll. Ich muss versuchen, logisch die richtige Antwort zu finden. Ich hole das Handy heraus. Vielleicht kann ich Märta ansimsen und von ihr einen Rat bekommen? Ich weiß nicht. Aber was soll ich sonst tun? Ich drücke auf »Nachrichten« und beginne zu schreiben.

Wie ist das möglich?? Plötzlich taucht eine alte SMS auf, bei der mein Herz stehen bleibt. Mitten in einem Schlag. Die SMS ist von Mama. Ich starre das Handy an. Warum ist das aufgetaucht? Wie ist das passiert? Ich kapiere über-

haupt nichts mehr. Ein kurzer Blick auf Papa. Der konzentriert sich voll aufs Fahren und schaut nur geradeaus, auf die Straße, die sich hin und her windet. Er reibt sich die Bartstoppeln und summt leise etwas vor sich hin. Ja, ist das nicht *Country Roads*?
Ich checke mein Handy noch einmal.
Da sehe ich es. Statt einer neuen Nachricht an Märta habe ich Toffee ins Suchfeld geschrieben. Die Gedanken an Toffee beschäftigen mich so sehr, dass ich ganz durcheinanderkomme. In Mamas SMS steht:

```
Hallo mein Schatz! Hoffentlich fühlst du
dich jetzt besser und hoffentlich ging der
Mathetest gut. Nach der Arbeit schau ich bei
deinem Lieblingsladen vorbei, darum wüsste
ich jetzt gern, was du am liebsten hättest?
a)Englisches Vanilletoffee b)Bananen-und
Erdnusstoffee oder c)dunkles Schokoladen-
toffee mit Smarties? Entweder wir werden
feiern oder wir müssen uns trösten! Aber
Toffee wollen wir haben!! Ganz gleich, was
passiert. Sei umarmt von Mama. ♥
```

Ich lese die SMS einmal, zweimal, dreimal, fünfundzwanzigmal. Ich kann sie nicht oft genug lesen. Es ist zwei Jahre her, seit Mama die gesendet hat. Ich finde noch weitere SMS. Lese:

Hoffentlich hab ich heute Morgen nicht zu scharf geklungen! Tut mir leid, es war nur ein bisschen stressig. ♥ ♥ ♥ Und ich mache mir Sorgen um deinen Magen. Morgen gehen wir zum Arzt.

Hallo, mein geliebter Herzensschatz! Wiiie geht es dir? Fühlst du dich wohl bei Omi? Der Kurs hat Spaß gemacht, aber du machst mir ungefähr tausendmal mehr Spaß, darum fahre ich jetzt nach Hause! Außerdem ist der Kurs jetzt sowieso zu Ende … :) ich komme um 14.15 (Viertel nach zwei) und hole dich ab! Ich liebe dich zum Mond und zurück und ich vermisse dich sooo sehr! Mit einem dicken Schmatz von Mammut!

Haha, ich merke, dass du mein Spotify benutzt! Als ich gerade in aller Ruhe John Denver anhörte, verschwand nämlich plötzlich der Ton! Und jetzt kann ich sehen, was du dir anhörst! Küsschen! Deine Mama-Spionin.

Plötzlich erinnere ich mich an Mama, wie sie war, als sie immer noch voll und ganz meine Mama war. Als sie wissen wollte, wie meine Tests ausgefallen waren, als sie in meinem Lieblingsladen Toffee kaufte und mir Küsschen und Herzen schickte. Als sie sich um meinen Magen Sorgen machte, sich dafür entschuldigte, dass sie morgens sauer gewesen war und schrieb, dass sie mich vermisst. Oder einfach nur Quatsch schrieb.

Und ich sehe ein – Mama HAT sich ja um mich gekümmert. Sie hat sich sehr gut um mich gekümmert. Darin hat sie überhaupt nicht versagt. Punkt zwei auf der Liste war von Anfang an falsch.

Mama hat mir Liebe, Essen und Wärme geschenkt. Und mehr als das. Nach einem schwierigen Mathetest, vor dem ich aufgeregt gewesen war, hat sie mir Toffee besorgt, weil sie wusste, wie sehr mich das freuen würde.

Plötzlich wird mir klar, dass das, was Linn gesagt hat, tatsächlich stimmt. Mamas Liebe lebt in mir, lebt in meinem Herzen und strahlt davon aus wie eine Sonne.

Ich lese die SMS noch einmal durch, und auf einmal leuchtet mir ein Satz entgegen:

Aber Toffee wollen wir haben!! Ganz gleich, was passiert.

Es ist, als hätte Mama mir aus dem Himmel eine Antwort geschickt.

»Papa«, sage ich. »Ich habe mich jetzt entschieden.«

»So, hast du das?«, sagt Papa. »Und wie willst du es jetzt halten?«

»Ich möchte Toffee haben. Ich möchte mich um Toffee kümmern.«

»Ist das wahr? Ist das wirklich wahr? Oh Sasha, ich FREUE mich ja so!«

»Ja. Ich glaube nämlich, dass ich das schaffen werde.«

»Klar wirst du das! Ist doch klar, dass du das schaffst! Und weißt du was, wir werden das zusammen schaffen!«

Am Abend sitze ich in meinem Zimmer und schau mir auf dem Handy die Bilder an, die ich im Hundezwinger von Toffee gemacht habe. Es war recht schwierig, gute Fotos zu machen, weil er sich die ganze Zeit bewegt hat. Er rannte, dass die zotteligen Ohren gerade abstanden, purzelte mit der Schnauze voraus ins Gras, hüpfte wieder hoch und raste direkt in seine Schwester Lakritz hinein. Ich lache laut, als ich die Bilder anschaue, weil er so süß ist und so tapsig und so wild. Auf neun von den zehn Bildern, die ich gemacht habe, ist er verwackelt. Auf dem einzigen scharfen Bild sitzt er im Gras und guckt mit seinen schönen goldbraunen Augen direkt in die Kamera. Seine runde Schnauze ist so niedlich, sieht irgendwie eingedrückt aus, wie ein halber Ball.

Oben am Kopf und auf der Brust ist sein Fell etwas heller, hat eher die Farbe von Vanilletoffee, aber Ohren und Pfoten sind schokobraun.
Ich klicke das Bild an, um es weiterzusenden. Füge es in eine SMS ein. Schreibe:

> »Hallo Mama! Du hast recht gehabt. Natürlich wollen wir Toffee haben! Ich liebe dich auch von hier bis zum Mond und zurück. Das habe ich immer getan. Das werde ich immer tun. Kuss von Sasha ♥

Dann klicke ich auf Senden.

ICH LIEBE DICH ZUM MOND UND ZURÜCK

Ich stehe vor dem Grab. Da ist es. Das Grab. Da ist der Grabstein. Grau und glatt. Da steht dein Name. Sabine Rein. In Gold. Neben einem kleinen Stern steht dein Geburtsdatum und neben einem kleinen Kreuz dein Todesdatum. Alles in Gold. Heute scheint die Sonne schön warm. Sie lässt die Buchstaben leuchten und glänzen. Die Atomnummer für Gold ist 79. So alt hättest du werden sollen. Wenigstens. Aber das wurdest du nicht. Du bist nur sechsunddreißig geworden. Für immer sechsunddreißig. Heute, am 27. Mai, wärst du siebenunddreißig geworden.
Du fragst dich vielleicht, warum ich dich bisher noch nicht hier besucht habe. Ich konnte es einfach nicht. Ich konnte nämlich nicht begreifen, dass ich dich nie mehr sehen würde. Das habe ich wohl immer noch nicht begriffen. Vielleicht will ich das nicht begreifen? Manchmal glaube ich immer noch, dass du nach Hause kommst. Ich warte darauf, dass du die Tür anrempelst, mit den Schlüsseln klapperst, aufmachst und »Hallo!« rufst, so wie du es früher immer getan hast.

Manchmal, wenn ich dich so sehr vermisse, dass mir alles wehtut, sprühe ich vor dem Einschlafen etwas von deinem Parfüm über meinem Bett in die Luft. Dann lege ich mich hin und schließe die Augen, während die winzigen Parfümtröpfchen auf mich herabschweben. In solchen Momenten kann ich mir fast einbilden, du wärst da. Du würdest auf meiner Bettkante sitzen und sagen: »Ich liebe dich zum Mond und zurück.«
Übrigens, schau mal, was ich mitgebracht habe! Siehst du? Die Dose mit Muscheln, Steinen und Versteinerungen, die wir vor zwei Jahren im Urlaub auf Gotland sammelten. Weißt du noch, als wir gebadet haben? Weißt du noch, wie du mich hochgehoben, mich im Kreis herumgewirbelt und mich ins Wasser geworfen hast? Immer wieder, immer wieder. Du hattest deinen schwarzen Bikini an, den mit den weißen Perlen an den Bändern, und ich hatte meinen Badeanzug mit dem Hundemuster an, aber der ist inzwischen natürlich zu klein. Du und ich, wir wurden immer schnell braun, obwohl wir meistens unterm Sonnenschirm lagen und lasen. Papa wurde eher schweinchenrosa. Weißt du noch, wie wir ihn damit aufgezogen haben? Das werde ich diesen Sommer ganz alleine tun müssen.
Papa hat mich ermahnt, ich soll mich nicht auf den Boden setzen, weil der immer noch feucht ist, aber wo sonst soll ich denn sitzen?

Was hältst du davon, wenn ich die Muscheln wie eine Art Rahmen ums Grab lege? Also, die Muschelschalen, natürlich, wie du mich damals verbessert hast! Diese schwarzblaue Schale, die so schön schimmert, kommt von einer Blaumuschel. Und diese cremefarbene mit den Rillen von einer Herzmuschel. Und die hier … diese Sandmuschelschale, die ist doch einfach wunderschön, finde ich. Außen am Rand ganz dünn und fast aprikosenfarben, innen aber blendend weiß. Und hier die Versteinerungen. Guck mal die hier, die ist gestreift! Und diese ist gepunktet und diese hat den Abdruck von einem kleinen Tier. Sieht aus wie eine verschnörkelte Schnecke. Wahrscheinlich hab ich die alle schon seit zwei Jahren nicht mehr angeschaut. Aber ich weiß noch gut! »Versteinerungen sind Tiere oder Pflanzen, die in weichen Gesteinsarten aufbewahrt worden sind und Abdrücke hinterlassen haben. Sie können viele Millionen Jahre alt sein!« Wie du hörst, ich hab mir fast alles gemerkt!
Dieser Stein ist der Schönste von allen. Das ist der, nach dem du getaucht bist. Tief, tief hinunter ins Meer! Er ist perfekt, weiß, oval, samtig. Ich weiß nicht, ob du lesen kannst, was ich mit rotem Nagellack geschrieben habe … also, ich finde jedenfalls, dass es schön geworden ist. *Ich ♥ dich zum ☽ und zurück* steht da.
An diese Stelle wollen wir Blumen pflanzen. Siehst du? Die stehen hier in der Tüte. Rosa Rosen, Tränende Herzen und

Vergissmeinnicht. Vergissmeinnicht bedeutet »vergiss mich nicht«. So ein unnötiger Name! Als ob ich das jemals könnte. Übrigens, du fragst dich vielleicht, wo Papa ist? Er macht mit Toffi einen kleinen Spaziergang um den Friedhof. Sie wollten Wasser holen und eine Schaufel für die Blumen auftreiben. Ist doch komisch? Vor drei Monaten wusste ich nicht, dass er überhaupt existierte, und jetzt ist Toffi eines meiner absoluten Lieblingsgeschöpfe auf der Welt. Inzwischen habe ich superviele Bücher über Hunde gelesen, Toffi zuliebe. Weißt du, Mama, eine Zeit lang hab ich überhaupt nichts gelesen. Ich hatte es mir verboten. Das und eine Menge andere Sachen. Spazierengehen, zu viel denken, mich um etwas Lebendiges kümmern. Ich hatte eine Liste mit sieben Punkten gemacht. Mir ist klar, dass das verrückt klingt, aber ich dachte wirklich, für mich wäre das die einzige Möglichkeit, weiterleben zu können. Inzwischen bin ich dahintergekommen, dass das nicht stimmt. Und als ich dann wieder anfing zu lesen, sah ich ein, wie schrecklich mir das gefehlt hatte!
Außerdem muss ich zugeben, dass es in der Schule ein bisschen einfacher geworden ist, seit ich für Hausaufgaben und Tests etwas nachlesen kann, anstatt mir nur alles Wissen von Youtube zu holen. Außerdem gibt es offenbar Leute, die laden Filme mit TOTAL FALSCHEN Infos auf Youtube hoch, das hab ich inzwischen gemerkt. Ich sollte einen Text

über ein Land schreiben und darüber ein Referat halten. Ich wählte Japan, und dann stellte es sich heraus, dass die Japaner ÜBERHAUPT NICHT »Wasabi?« sagen, wenn sie nicht hören, was jemand sagt!

Die Sache mit dem Lesen hab ich übrigens ziemlich schlau gelöst, wenn ich das so sagen darf. Ich schlug Papa nämlich vor: «Wenn du mit dem Rauchen aufhörst, fange ich an zu lesen.« Da hatte ich allerdings schon angefangen zu lesen, aber das verriet ich ihm nicht. Papa überlegte eine Sekunde lang, dann fragte er, ob er bei gewissen festlichen Anlässen rauchen dürfe, also, an Silvester beispielsweise oder an seinem Geburtstag, und da sagte ich, das sei okay, wenn er damit einverstanden sei, dass ich nur bei gewissen festlichen Anlässen Bücher lese, also, an Silvester beispielsweise oder an meinem Geburtstag. Da fiel ihm plötzlich ein, dass es wohl doch am besten wäre, ganz aufzuhören, wegen der Gesundheit.

Toffi ist jetzt seit zwei Wochen bei uns. Du würdest ihn lieben! Er ist der süßeste Welpe, den man sich vorstellen kann. Aber du musst nachsichtig mit ihm sein, er hat nämlich deine schwarzen Dr.Martens mehr oder weniger ganz aufgefressen! Ich glaube, irgendwie jucken ihn die Zähne. Hast du gewusst, dass Hunde auch Milchzähne haben?

Toffi liebt Bäume, genau wie du! Papa hat diesen Platz für dein Grab ausgesucht, weil er sich dachte, es würde dir gefal-

len, im Schatten dieses großen Baumes zu liegen. Ich fragte Papa, was für ein Baum das sei, aber er hatte keine Ahnung. Du hättest es gewusst. Ich werde es herausfinden.
Papa und Toffi kommen bald. Dann lernst du Toffi kennen! Wie du weißt, hat Papa ihn mir zu meinem zwölften Geburtstag geschenkt. Was für ein Geschenk! Einfach supermega! Und heute hast *du* Geburtstag. Du wirst siebenunddreißig. Hast du gewusst, dass 37 die Nummer des Grundelements Rubidium ist? Rubidium wird in Atomuhren verarbeitet. Das sind Uhren, die zuverlässiger als alle anderen Uhren die Zeit messen. So eine Uhr hätte dir auch gefallen, oder? Wo du es mit der Zeit doch immer so genau genommen hast. Papa sagte oft, du seist eine Zeitpessimistin. Weil du immer so unnötig früh dran warst. Papa ist eher ein Zeitoptimist. Er hat erzählt, dass du zu eurem ersten Date eine Viertelstunde zu früh kamst und er eine Viertelstunde zu spät. Und da seist du ziemlich sauer gewesen. Aber ihr habt euch offenbar trotzdem verliebt. Ich selber bin wahrscheinlich eine Zeitrealistin. Das dürfte dann wohl das Beste sein?
Soll ich dir was sehr Erstaunliches erzählen? Man kann Rubidium auch gegen Depressionen verwenden. Ich wünsche mir so sehr, dass du Rubidium bekommen hättest. So ein Grundelement hätte dir bestimmt mehr geholfen als all die vielen Pillen, die du eingenommen hast, oder?

Mama, es gibt so vieles, was ich dir noch nicht erzählt habe! Märta hat einen Youtube-Kanal gestartet, der *Banjo Baby* heißt! Da spielt sie ihre besten Banjo-Stücke. Sie hat bereits neunundsechzig Abonnenten! Und ihr bestes Video ist schon vierhundertsiebzehn Mal angeklickt worden. Ist doch eigentlich cool, dass so viele sich für Banjo interessieren. Wer hätte das gedacht? Und weißt du was? Ossi hat mir eine E-Gitarre geschenkt, und ich hab angefangen, ein bisschen zu spielen! Die Gitarre ist wunderschön. Sie heißt Squier JV Stratocaster, und die Farbe wird sea foam green genannt. Das ist ungefähr sowas wie mintgrün.

Märta hat mir schon einiges beigebracht, aber obwohl beides Saiteninstrumente sind, klingen Banjos und E-Gitarren doch ziemlich verschieden. Papa sagt, ich muss mir UNBEDINGT einen Übungsraum besorgen, weil sich mindestens vier Nachbarn bereits beschwert haben, ich hätte zu laut gespielt, als ich das erste und einzige Mal übte. Das liegt möglicherweise daran, dass ich Toffis Ohren schonen wollte und darum auf den Balkon hinausging und den Verstärker auf den Hof richtete. Offenbar gab das ein KRASSES Echo zwischen den Häusern. Aber anstatt die Musik zu genießen, haben die Nachbarn sich wegen Ruhestörung bei der Polizei beschwert. Ehrlich gesagt glaube ich, dass sie vor allem neidisch sind, weil ich so kreativ bin.

Märta und ich wollen eine Band gründen. Zurzeit überlegen

wir uns einen Namen. Wir haben uns zwei ausgedacht: Horrified Asparagus oder Cosmic Peace Frogs? Was gefällt dir am besten? Manche behaupten, Banjo und E-Gitarre würden nicht zusammenpassen, aber das sagen sie nur, weil sie uns noch nicht spielen gehört haben! Ossi sagt, er will versuchen, uns einen Übungsraum zu organisieren. Das kann also schon morgen sein oder in zwei Jahren. Bei Ossi weiß man nie.
Und du, ich muss dich was fragen. Du weißt – Tyra? Die mich immer so schrecklich nervt? Die hat am Freitag laut gefurzt, als sie ein Referat über eine Erfindung halten sollte! Ist das nicht komisch? Ich hatte nämlich einen Zettel in ihre Jacke geschmuggelt, auf den hatte ich geschrieben, dass genau das passieren sollte. Mir ist klar, dass du im Himmel Besseres zu tun hast, als Tyra furzen zu lassen, aber trotzdem. War das DEIN Werk? Wenn ja, dann war das echt cool, Mama!
Mama, da kommen sie! Guck mal, da hinten auf dem Weg! Toffi voraus und Papa hinterher! Oh! Jetzt siehst du ja selbst, wie süß er ist! Toffi! Diese zotteligen braunen kleinen Ohren! Diese rosa Zunge!
Nur noch eine letzte Sache, Mama! Ich sage es, bevor Toffi kommt, er ist nämlich wie ein Baby, er beansprucht die volle Aufmerksamkeit. Ich bin Stand-upperin geworden! Ist das nicht unglaublich? Dann hat diese Liste doch zu etwas

Gutem geführt. Wenn ich dich nächstes Mal besuche, werde ich dir ein paar von meinen besten Gags präsentieren. Ich hoffe, du findest dann, dass ich funny bones habe! Aber ... eigentlich, Mama. Immerhin ist heute dein Geburtstag, und schließlich BIN ich ja eine Comedy Queen! Also versuch ich es schon jetzt mit ein paar Gags. Was hältst du davon? Darum Applaus für SASHA REIN! Hier komme ich!

Nachwort

Manchen Menschen fällt es so schwer, über gewisse Dinge zu sprechen, dass sie lieber schweigen. Selbstmord ist eine dieser Sachen. Psychische Krankheit eine andere. Ich wünschte von ganzem Herzen, dass es nicht so wäre. Denn ich glaube genau wie die Psychologin Linn in diesem Buch, dass es nicht an sich gefährlich ist, traurig, wütend oder unruhig zu sein, sondern dass die Gefahr eher darin liegt, mit all diesen schweren Gedanken und Gefühlen alleine zu sein. Dann glaubt man vielleicht, die eigenen Probleme ließen sich nicht lösen, man werde sich für immer so elend fühlen und man sei allein auf der Welt. Dann vergisst man vielleicht, dass Dinge sich verändern lassen und man irgendwann wieder in der Lage sein wird, zu lächeln, auch wenn es sich im Moment nicht so anfühlt. Einer der Gründe, warum ich dieses Buch geschrieben habe, war, dass ich es ein wenig leichter machen wollte, über Selbstmord und psychische Krankheit zu reden. Dass wir das tun, ist nämlich von lebenswichtiger Bedeutung.

Möchtest du mit jemandem reden? Es gibt verschiedene Adressen, an die du dich wenden kannst:

KJP (Kinder- und Jugendpsychiatrie)
Welches die von dir nächste Klinik mit einer KJP-Abteilung ist, kannst du auf folgender Website herausfinden: http://www.dgkjp.de/kliniken

Nummer gegen Kummer (für Kinder und Jugendliche)
Diese Beratungsstellen kannst du kostenlos und anonym anrufen: 0800 / 1110333

Telefonseelsorge
Bietet zu jeder Tages- und Nachtzeit anonym Beratung am Telefon an. Du kannst kostenlos anrufen: 0800 / 1110111 oder 0800 / 1110222

Arbeitskreis Leben bietet E-Mail-Beratung für junge Menschen an und hat ein Forum für junge Hinterbliebene nach Suizid: www.u25-freiburg.de

DIE AUTORIN

Jenny Jägerfeld, geboren 1974, leitet eine psychologische Praxis in Stockholm und arbeitet als Journalistin und Lektorin für Fachbücher und Zeitschriften. Nebenbei schreibt sie Romane sowie Kinder- und Jugendbücher, in denen sie wichtige, existenzielle Fragen thematisiert und dabei humorvoll und spritzig erzählt. Für ihre Kinderbücher erhielt sie u.a. den renommierten August-Preis, den Astrid-Lindgren-Preis, den Kinderbuchpreis von Sveriges Radio und den LUCHS.
Jenny Jägerfeld hat aber auch schon als Postsortiererin, Kinokassiererin und Kellnerin gearbeitet. Sie ist weit gereist, z.B. mit einem alten roten Bus von Dänemark bis Indien – und sie ist Mutter zweier Kinder.